LAMEKIS,

oὒ

LES VOYAGES

EXTRAORDINAIRES

D'UN EGYPTIEN

Dans la Terre intérieure,

AVEC

La découverte de l'Isle des Silphides.

Par M. le Chevalier DE MOUHY.

TROISIE'ME PARTIE.

A PARIS,

Chez POILLY, Quay de Conty, au coin
de la ruë de Guenegaud, aux Armes
d'Angleterre.

M. DCC. XXXVII.

Avec Approbation & Privilege du Roy.

AVERTISSEMENT.

L'Accueil que le Public a fait aux premieres Parties de cet Ouvrage, me fait esperer que celles qui succedent seront reçues avec les mêmes bontez ; le dessein en est si neuf, & la fiction si extra-ordinairement travaillée, que j'ai lieu de me flater qu'il les recevra avec quelque distinction.

Je ne prétens point répondre ici à plusieurs Lettres qui m'ont été écrites à ce sujet, dans l'une desquelles on me

AVERTISSEMENT.

suppose un dessein secret auquel je n'ai jamais songé. Dans un nombre de gens qui nous font l'honneur de nous lire, il s'en trouve qui passent leur vie à faire des applications ; je les avertis de la meilleure foi du monde, que mon but dans mes productions, est autant de les porter à la vertu, qu'à les amuser, & que j'éloignerai toute ma vie de mes écrits ce venin dangereux dont quelques Auteurs les infectent, dans la seule vûe d'y glisser adroitement des matieres équivoques qui peuvent se rapporter à l'Etat ou à la Religion. Tout ce qui ressemble à ces choses,

AVERTISSEMENT.

s'éloigne absolument de ma façon de penser ; tout ce qui m'est défendu, est pour moi respectable. Quelques Critiques auront lieu sans doute de fronder cette déclaration , je n'en croirai point ma réputation altérée , & j'aime mieux être loué par les endroits flateurs de la simplicité , que de me faire un nom dans des cabales odieuses , dont le seul orgueil est le frivole avantage. La paix est du côté d'un sujet soûmis aux loix civiles ; l'inquiétude au contraire est le partage de ces esprits altiers qui se cabrent, par la seule raison de se distinguer contre le frein de l'autorité.   A iij

AVERTISSEMENT.

Mais revenons à ce qui concerne cette troisiéme Partie. Je crois devoir avertir les personnes qui la verront, de passer les notes à la premiere lecture ; le sujet de lui-même est si abstrait & demande une telle attention, qu'il doit être suivi sans aucune interruption : j'avertis encore qu'une premiere vûe ne suffira pas pour entendre les matieres qui y sont exposées.

Tout est ici mysteres & secrets ; ce n'est qu'avec une application continuelle qu'on peut parvenir à en trouver la clef ; si quelque Lecteur est assez heureux pour y parvenir, je

AVERTISSEMENT.

le prie avec instance de vouloir
bien me la communiquer, je
l'ai perdue depuis long-tems,
& je serois au comble de la
joye de la retrouver.

Je crois devoir encore assu-
rer que cet Ouvrage porte
avec lui le sacré talisman de
la cabale la plus mystérieuse.
Si mes Lecteurs veulent bien
s'en rapporter à ma parole,
ils ne sortiront jamais sans ce
livre admirable ; il préserve
de tous maux, procure les avantures fortunées, éloigne les événemens bizarres & capri-
cieux, donne de l'esprit à
ceux qui n'en ont pas, tempere
la vivacité de ceux qui en ont

trop ; mais le plus grand de ses attributs est de donner la paix à l'ame, & de donner beaucoup d'argent, quand on en a véritablement besoin; c'est un fait, par exemple, incontestable, & qui ne peut se révoquer en doute.

Mais si ces avantages sont grands, ils ne sont rien en comparaison de ceux qu'il reserve au beau sexe; toutes femmes de quelque qualité & de quelques conditions qu'elles soient, filles, femmes, veuves ou vierges, sont assurées que si elles lisent, avec une attention dégagée de tout préjugé, cette Partie & celles qui la suivront, le

AVERTISSEMENT.

neuviéme jour de Mai à trois heures après minuit, tous leurs desirs seront accomplis avant la fin de l'année ; d'un fille paßablement laide, la lecture en fera une jolie ; d'une blonde, une brune agaçante ; & d'une brune, une blonde agonisante. Il me seroit impossible, en un mot, de déduire ici tous les biens qui peuvent résulter de cette lecture ; ces assurances sont aussi positives & aussi certaines, qu'il est vrai que les notes qui enrichissent cet Ouvrage sont tirées de nos meilleurs Auteurs, & que sans elles l'Ouvrage manqueroit de for-

AVERTISSEMENT.

me & seroit imparfait ; peut-
on citer des cautions plus va-
lables ? Je m'en rapporte aux
Sçavans.

LAMEKIS,

OU

LES VOYAGES

EXTRAORDINAIRES

D'UN EGYPTIEN.

TROISIE'ME PARTIE.

'ETONNEMENT que ce nouveau prodige nous caufa, nous émut & nous fit tomber en la plus cruelle confternation ; Lodaï dont le grand cœur ne s'étonnoit de rien, eut la fermeté de s'approcher du trou dont nous nous étions reculés ;

l'exemple eft toujours d'un grand poids lorfqu'il eft donné par des perfonnes refpectables. Honteux de la frayeur que j'avois fait paroître & de l'idée qu'en pouvoit concevoir la Princeffe des Amphicleocles, je fuivis ce miniftre avec précipitation.

L'ouverture par laquelle Falbao s'étoit précipité me parut grande, & le fouterain éclairé par un jour inconnu, offroit un paffage aifé pour y entrer ; je ne balançai point à le faire : la crainte de perdre mon fidele Falbao, celle de donner de mauvaifes impreffions de mon courage, toutes ces chofes réunies m'y firent entrer ; en vain fus-je rappellé, malgré même l'empire que la charmante Nafilaë avoit fur mon cœur, fes ordres n'eurent pas plus de force : ma témérité m'avoit déja éloigné, & quoique le sentier dans lequel j'errois fût marécageux & semé de pierres, guidé par la voix de Falbao qui frappoit de tems à autre mes oreilles, je trouvai bientôt l'issue de la caverne ténébreuse.

J'étois prêt à en sortir, j'achevois de monter une espece de dégré inégal fait par la nature, lorsque des cris horribles (entre lesquels je démêlai l'abboyement de mon fidele Falbao) me firent arrêter pour tâcher d'en pénétrer la cause ; ne pouvant de là, discerner les objets, je sors, j'avance quelques pas ; ô ciel ! que vois-je ? un combat inégal & furieux se donnoit à quelques pas ; une légion de ces derniers monstres dont j'ai parlé, environnoit Falbao : en-vain cette force tant vantée agiffoit-elle avec une valeur qui tendoit à la rage ; envain la mort de cent de ces hommes nouveaux fervoit-elle de rempart à ce vigoureux animal, le nombre étoit prêt à l'accabler : cet afcendant que je lui avois vû fur les hommes-vers, n'avoit point ici de lieu ; il étoit prêt à périr ; déja tout couvert de fang & de bleffures il chanceloit, je le voyois peu à peu ployer fous les efforts de ces cruels ennemis.

L'on doit s'imaginer la fituation où je me trouvai à la vûe d'un fpectacle fi cruel, & d'autant plus extraordinaire, que la valeur avoit moins de part à la défaite qu'un charme inconnu. Les armes qu'on employoit contre le malheureux Falbao & qui fembloient l'atterrer, n'étoient autre que l'étendart

funeſte de la Chouette dont il
a été parlé ; ce vil aſpect lui pa-
roiſſoit redoutable , intimidoit
ſes regards : le hazard les lui
ayant fait tourner ſur moi, leur
triſteſſe fit place à un rayon
d'eſpérance ; mais ſes adverſai-
res acharnés à ſa perte , le firent
bientôt éclipſer ; ſes yeux ſe re-
couvrirent de larmes , & les
forces lui manquant alors , il
jetta un grand cri , & tomba à
la renverſe.

A peine fut-il étendu par terre , que tous les monſtres ſe
jetterent à la fois ſur lui ; touché dans ce moment du ſort
de cet aimable animal : frappé
de la perte que j'allois faire &
de tout ce que je lui devois,
ſans conſulter ni mon impuiſ-
ſance ni la foibleſſe de mes ſe-
cours , je m'avançai fiérement
vers le lieu du combat armé

d'un feul bâton terminé en pointe, dont la dureté pouvoit le difputer à l'acier le plus fin ; j'en frappe avec vigueur les monftres redoutables : ô prodige! tout recule, tout fuit à ma vûe, des cris affreux fuccédent, & bientôt abandonné de cette lâche multitude, je me trouve feul près de mon cher Falbao.

Le plaifir qui me tranfporta de l'avoir fauvé d'un péril fi manifefte, ne me fit pas faire réflexion dans ce moment à ce qui venoit de m'arriver ; fi j'avois fçû que ma vûe eût été auffi redoutable à ces nouveaux habitans du monde interne, la prudence m'auroit fait profiter d'un afcendant fi heureux: mais plus touché de l'état déplorable où je trouvai mon chien fidele, que de l'éclat de ma victoire, je n'étois occupé que du foin de le faire revenir de l'accablement dans lequel je le voyois ; mes larmes feules pouvoient exprimer ma douleur. Je lui parlois, je le confolois, & mille noms que mon amitié lui donnoit , exprimoient & ma tendreffe & mes regrets. J'arrachai le linge qui me couvroit pour étancher le fang qui couloit de fes bleffures ; mais foins inutiles, fes yeux ne s'étoient ouverts, me fembla-t-il , que pour me dire un éternel adieu ; il les referma en me léchant la main : un profond foupir acheva de me faire croire qu'il étoit le dernier ; cette idée m'accabla de telle forte , que je me laiffai tomber fur lui en pleurant amérement.

Livré à toute ma douleur, j'avois le vifage baiffé contre terre ; & dans la confiance où j'é-

tois que mon aimable chien
n'étoit plus, je m'abandonnois
aux plus triftes regrets. Une attaque imprévue fufpendit mes
plaintes pour fonger à mon falut ; les ennemis qui n'avoient
fui que jufqu'à une certaine diftance, me voya r la face couverte, reprirent une valeur que
mon afpect leur avoit ôtée, &
apporterent tant de précaution
dans leur marche, qu'aidés par
mon accablement, je me trouvai environné de leur multitude fans m'être apperçu de leur
arrivée : mais me fentant faifir
par derriere, je jettai un grand
cri & me relevai vivement en
me mettant en état de défenfe.
La fureur qui parut dans mes
yeux, ou pour mieux dire, leur
charme fecret, caufa un effroi
fi fubit & fi prodigieux à cette
foule acharnée à ma perte, qu'el-

se disparut une seconde fois en
jettant des heurlemens affreux.

Cet événement étoit trop sin-
gulier & trop marqué, pour ne
pas me donner lieu de réfléchir
à ce qui pouvoit en être la cau-
re ; il n'eft pas ordinaire qu'une
armée fuye devant un feul homme ; c'étoit cependant ce qui
venoit d'arriver. En examinant
les chofes avec précifion, je ne
pûs m'empêcher de croire que
je portois dans mes yeux l'affurance de ma victoire , & que
leur afpect donnoit des coups
affurés à l'ennemi qui fuyoit.
Prévenu de cette confiance, je
jettai mes regards fur le terrain
qui m'environnoit ; mais en dé-
tournant la tête, je me vis pré-
fenter par un monftre qui fe
couvroit le vifage d'une main ,
pour éviter fans doute ce coup
d'œil dangereux, l'étendart de

B ij

la Chouette ; cette vûe me donna plus d'horreur qu'elle ne me fit d'impreffion : je repouffai du bras cette inutile attaque, & rempli de fureur à caufe de l'état où ces monftrueux hommes avoient réduit Falbao, je frappai de l'autre le porteur du vil étendart ; à peine l'eus-je approché qu'il tomba fans vie à mes pieds : l'hideufe Chouette partageant fon malheur fe fracaffa la tête & jetta un cri finiftre en mourant ; un heurlement horrible dont rétentirent tous les environs, répéta les derniers accens de l'oifeau, dont la perte leur étoit fans doute importante & précieufe.

Quelques raifons que j'euffe d'être frappé de ces chofes, je n'y fis cependant qu'une attention indirecte ; la perte de Falbao m'occupoit tout entier, un

rayon d'espoir me ramenoit encore vers lui : peut-être, me di-
sois-je, que le sang qu'il a perdu est la cause de ce qu'il est
sans mouvement ; je revenois
pour le vérifier, mais qu'on juge de ma surprise, Falbao étoit
debout & accouroit vers moi :
je jettai un cri de joie en pré-
venant sa rencontre ; cet aimable animal exprimoit la sienne
par des sauts & par des gam-
bades ; je le caressai du meil-
leur de mon cœur, ses yeux me
sembloient gais & triomphans ;
je cherchois en moi-même à dé-
mêler quel étoit le principe secret de cette prodigieuse méta-
morphose, lorsqu'après avoir
fait quelques pas, Falbao s'arrêta tout-à-coup, tressaillit, &
se mit à heurler en me regardant avec une sombre tristesse ;
son sang qui m'avoit paru arrê-

té, fe remit à couler de fes bleffures à grands flots : je m'em-
preffe vers lui, l'animal tombe
à mes pieds & femble implorer mes fecours. Que dois-je
faire ? de quelle nature peuvent-
ils être ? j'ignore le fatal principe de ces révolutions prodi-
gieufes.

Le bruit que j'entendis à quelques pas de moi, me fit lever
les yeux & pénétrer enfin le
myftére. Un Monftre téméraire
qui s'étoit fans doute voué pour
le falut ou pour la gloire des
fiens, étoit détaché du gros des
ennemis & portoit un étendart
nouveau fur lequel étoit per-
chée une Chouette vigoureufe
& menaçante ; le Heros monftrueux fe couvroit les yeux
d'une efpéce de bouclier, &
monté fur un cheval-ver, il ar-
riva bientôt vers nous au grand
galop.

Les heurlemens que Falbao
redoubla à l'approche du Monſtre, & l'anéantiſſement dans lequel il tomba, lorſque d'un bras
téméraire la Chouette lui fut
préſentée, me fit enfin connoître que l'aſpect de cet hideux
Oiſeau étoit pour lui ce que le
ſien avoit été aux Tumpingands,
& je n'eus pas lieu bientôt de
douter que le mien ne portât
ſur nos ennemis préſens toute
la force de ſes meurtriers aſcen-
dans.

A peine Falbao fut-il étendu
par terre, que le Monſtre preſ-
ſant le flanc de ſon ver-cour-
ſier, vint à moi & me préſenta
le bout de ſon étendart, prévenu ſans doute que la vûe de
l'animal qui y étoit attaché, devoit faire ſur moi les mêmes
impreſſions que ſur Falbao. Je
me ſaiſis avec vigueur du mé-

prifable drapeau, afin d'obliger l'ennemi qui me combat-
toit à trouver fa défaite dans
mes regards ; mais connoiſſant
par une expérience réitérée que
l'aſcendant de la Chouette n'en
étoit pas un pour moi, il avoit
fermé les yeux, & le danger lui
faiſant ſans doute oublier les
vûes généreuſes qui l'avoient
détaché de l'armée, il me céda
le glorieux étendart, donna des
deux à ſon courſier monſtrueux,
& rejoignit le corps de ſes com-
patriotes avec encore plus de
vîteſſe qu'il ne l'avoit quitté; je
le ſuivis de mes regards , & ils
furent témoins du châtiment
qu'il reçut en arrivant. Les
ſiens ſans doute indignés de
le voir revenir ſans les glorieu-
ſes marques qui lui avoient été
confiées, l'aſſommerent à coups
de maſſue ; après ce juſte exemple

ple tous les monftres difparu-
rent.

Frappé de toutes ces chofes,
& me croyant alors éclairé fur
leurs principes, je m'éloignai de
Falbao, & lorfque j'en fus à
quelque diftance , j'écrafai la
tête de la Chouette contre un
rocher & la jettai dans les brouf-
failles ; le cri qu'elle fit en ex-
pirant fut répété comme la premiere fois, par un heurlement
encore plus épouvantable de
la part des Monftres cachés.

Mon expérience ne fut pas
vaine; Falbao qui fe préfenta à
mes yeux , me prouva que la
mort de la Chouette le rendoit
à la vie. Sans des exemples
journaliers de l'effet de ces anti-
paties , ne donneroit-on pas à
ces véritez le nom de fictions ?
Mais, ô Philofophes, que vous
êtes encore éloignés des con-

C

noiffances dont vous vous fla-
tez ! Eh ! pourquoi chercher à
développer dans les cieux des
myftéres incompatibles à la mé-
diocrité de votre intelligence,
pendant que fur la terre où vous
rampez, vous ne pouvez défi-
nir la moindre de fes productions ?

Cependant fatigué de tant
de fortes d'événemens, je pris
le parti de m'éloigner de ces
lieux dangereux. Falbao qui me
vit tourner vers l'endroit par lequel j'y étois entré, marcha devant moi, & me fit connoître
par fes geftes la joye qu'il avoit
de les quitter. Je le vis bientot
à l'ouverture de la caverne m'inviter à le fuivre ; un faut qu'il fit
tout-à-coup, me fit accourir
dans la crainte que quelque
monftre caché ne lui eût dreffé
une embufcade ; mais la vûe de

Boldéon qui parut, me tranqui-
lifa ; inquiet de ce que j'étois
devenu il me cherchoit , & il
parut tranfporté lorfqu'il me re-
vit.

Je lui fis en chemin le détail
de toutes les chofes qui s'étoient
paffées. Que Vilkonhis foit
loué, s'écria-t-il ! preffons-nous
de nous rendre à la demeure de
Lodaï. Revenez, ô Motacoa ,
continua-t-il , rendre la vie aux
Princeffes allarmées , elles font
dans l'accablement le plus
cruel , & votre vûe feule peut
les en tirer ; mais fi la Reine a
donné dans fon trifte effroi des
preuves de l'amour maternel ,
la Princeffe des Amphicléocles
a fait connoître que vous ne lui
êtes pas moins cher. Elle vous
aime, Seigneur , je n'en puis
douter ; & fi cette affurance doit
vous combler de joye , comme

il me le paroît, pour moi elle
me tranfporte : je vois vos def-
tins fe remplir , & j'ai lieu de
croire que tout fuccédera au
gré de nos defirs.

Ce difcours me caufa un doux
raviffement ; j'aimois la belle
Nafilaé avec d'autant plus de
violence , que mon jeune cœur
n'avoit jamais été prévenu d'aucunes images qui puffent croi-
fer ces impreffions ; tout bru-
lant d'ardeur de la revoir , je
m'empreffai de me rendre vers
elle ; ma préfence fit fuccéder
à la place de la trifteffe & des
pleurs, la confolation & la joye ;
il fallut faire une feconde relation de ce qui m'étoit arrivé,
Nafilaé m'interrompit à l'endroit des effets prodigieux de
la Chouette. Dans le cours de
mon hiftoire, nous dit-elle, vous
apprendrez des particularitez ni-

téreſſantes de c es Peuples; l'événement extraordinaire qui m'a
conduit parmi les Tumpin-
gands, m'a donné lieu d'en entendre ſouvent parler; le rapport que vous en faites & la maniere dont vous les dépeignez,
me perſuade que ce ſont les mêmes : cela préſuppoſé, nous n'en
avons rien à craindre ; Falbao
nous a attiré leur viſite, ce ſont
des myſtéres que je vous expli-
querai dans la ſuite ; en atten-
dant nous devons être tranquil-
les ſur leur chapitre. Ils ne ſe-
ront pas aſſez hardis pour hazar-
der une ſeconde entrepriſe.

Le diſcours de la Princeſſe
acheva de raſſurer ma mere, qui
ne pouvoit revenir de ſa fraïeur ;
ces derniers événemens fourni-
rent aſſez à la converſation. Lodaï nous apprit à ce ſujet, que
s'étant un jour écarté de ſa de-
C iij

meure , il avoit rencontré un
monftre tel que ceux qu'il avoit
entrevûs; mais qu'à peine avoit-
il eu le tems de le confidérer
par la vîteffe dont il s'étoit en-
fui : nous jugeâmes que la vûe
de Lodaï avoit été la caufe de
la prompte retraite du monftre;
la Princeffe le confirma à la fin
de fon hiftoire.

Cependant la nuit qui furvint
mit fin à toutes nos réflexions;
après avoir donné à la nature
fes befoins ordinaires, & avoir
préparé dans la chambre de ma
mere un endroit auffi commode
que le lieu pouvoit le permettre
pour y faire repofer Nafilaé,
nous prîmes congé des Princeffes & nous nous retirâmes.
Boldeon & Lodaï tinrent un
grand confeil avant que de fe
coucher, fur les moyens dont
nous devions nous fervir pour

fortir du ténébreux féjour que nous habitions. Il avoit été convenu avant l'avanture des monftres, que les Princeffes & moi féjournerions dans le centre de la terre jufqu'à ce que les derniers refforts que Boldeon devoit faire jouer m'euffent mis fur le thrône, dans la crainte de nous expofer à tomber entre les mains de l'ufurpateur ; mais ce qui venoit d'arriver fit changer de réfolution, par l'expérience, qui venoit de nous prouver que la terre intérieure étoit habitée par différents Peuples, & que de jour à autre nous pouvions courir des avantures nouvelles. & périlleufes. Toutes ces chofes examinées firent décider, que nous nous rendrions dans la demeuie fecrete de Boldeon par le chemin dans lequel j'avois rencontréFalbao,& que là, nous attendrions le réfultat des entreprifes de ce Miniftre.

Trois jours entiers furent deftinés pour laiffer le tems aux Princeffes de fe remettre des fraïcurs & des fatigues précédentes, pendant lefquels il fut réfolu que Lodaï, comme le plus expérimenté de nous, par le nombre des années qu'il avoit vécu dans l'intérieur de la terre, reconnoîtroit les endroits par lefquels nous en devions fortir afin de le faire fans courir aucun rifque. Ces arrangemens pris, nous nous rendîmes le jour fuivant dans la grotte de ma mere; les Princeffes avoient paffé la nuit avec une forte d'inquiétude, mais elles fe trouvoient cependant mieux que la veille ; il me parut par le difcours que ma mere me tint, & par les maniéres obligeantes dont me reçut la

Princeſſe, qu'il avoit été que-
ſtion de moi dans leur entre-
tien, & qu'il avoit été décidé
qu'on n'attendoit qu'une occa-
ſion favorable pour me lier à jamais à la belle Princeſſe des Amphicléocles.

Une partie de la matinée ſe
paſſa à faire des réflexions ſur la
ſituation préſente ; la Princeſſe
nous fit connoître par celles
qu'elle exprima, combien elle
avoit d'eſprit & de pénétration.
Toutes les louanges qui lui furent prodiguées à ce ſujet me
ſembloient juſtement dûes, &
mon cœur qui avoit eu à peine
le tems de ſe reconnoître par
les traverſes continuelles qui
l'avoient agité depuis le moment où je l'avois vûe pour la
premiere fois, me combloit
alors de la plus douce ſatisfa-
ction : ſans avoir aucune notion

des caufes qui avoient donné
entrée à l'amour dans mon ame;
je reffentois une joye fecrete,
qui s'influant dans les organes,
faifoit frémir tous mes fens : jamais mes yeux ne rencontroient
ceux de Nafilaé, que je ne ref-
fentiffe un je ne fçai quoi inconnu, dont mon ignorance me dé-
roboit le principe ; mais tel qu'il
fût, mon cœur le chériffoit &
en faifoit fa plus douce félicité.

Après un repas fait de ces
poules découvertes par Lodaï,
dont le goût étoit délicieux &
exquis, nous tournâmes les yeux
vers la Princeffe, qui fe préparoit à nous conter fon hiftoire ;
elle eft fi intéreffante, ô Sinoüis,
que quoiqu'il me foit arrivé bien
des chofes extraordinaires,
comme vous l'apprendrez par
la fuite de mes avantures, elle
eft, dis-je, fi furprenante, que

je n'en ai pas perdu une feule circonftance; je crois inutile, continuai-je, en ferrant la main de mon ami, de vous répéter que c'eft toujours Motacoa qui conte fon hiftoire, & qu'il n'eft encore jufqu'ici fait qu'une mention indirecte de ce qui me regarde.

La Princeffe connoiffant à notre filence que nous étions prêts à l'écouter, fit une inclination gracieufe à ma mere, & commença en ces termes.

L'*Indiagar*, furnommé le grand, Souverain des Amphicleocles, foixante & treiziéme Roi de ce nom, eft celui à qui je dois le jour. L'on fit felon la coutume ordinaire (*a*) le dénombrement

(*a*) Le jour, l'heure, la minute de la naiffance d'une Princeffe des Amphicléocles étoient annoncés dans le Royaume, avec ordre à tous les Seraskiers ou Juges, de faire des Procès verbaux pour vérifier

de tous les enfans mâles qui
étoient nés à la même heure
que celle où je vins au monde,
& on les transporta dans le Palais Kaiocles (*a*) pour y être
élevés jusqu'à ce que je fusse en
âge d'être mariée.

Mon enfance se passa dans le
Temple selon l'usage, (*b*) & lors-

la date de la naissance des enfans mâles
qui étoient venus au monde dans le même tems que la Princesse ; le Conseil des
Astronomes donnoit leur attache à ces
Actes, qui étoient envoyés à la Cour &
déposés dans les Archives.

Cette vérification se faisoit chez les
peres & les meres des enfans, & lorsqu'elle étoit conforme à la Loi, les nouveaux
nés étoient marqués & élevés ensuite aux
dépens de la Ville dans le Palais Kaiocles.

(*a*) Ce Palais étoit le second Temple;
c'étoit dans ce lieu où on élevoit les enfans nés en même tems que l'héritier ou
l'héritiere de la Couronne ; si c'étoit un
Prince, on n'y renfermoit que des filles.

(*b*) Le Prince ou la Princesse succes-
feurs de la Couronne, dés qu'ils étoient
nés, étoient portés dans le Temple de

que la Grand'-Prêtreſſe m'eut
purifiée, dans les rayons émanés
du ſoleil, des impuretez de ma
naiſſance, elle ſe démit autenti-
quement (*a*) de ſon miniſtere,
& me livra à l'aſſemblée à l'âge

l'Immortel, ſurnommé Fulghane, où ils
étoient élevés juſqu'à ce qu'ils fuſſent en
âge d'être mariés ; c'étoit la Grand'-
Prêtreſſe qui veilloit à leur éducation.

(*a*) Lorſque l'héritier du Royaume
des Amphicléocles avoit atteint l'âge de
quatorze ans, l'aſſemblée générale des
Etats étoit convoquée & tenue dans une
des ſales du Temple ; la Grand'-Prêtreſ-
ſe s'y rendoit, y conduiſoit le Prince, déclaroit ſa majorité ; après cette cérémonie elle ſe retiroit, & le Prince étoit conduit en pompe dans l'appartement ſecret
du Palais qui lui étoit deſtiné ; enſuite
elle demandoit audience au Souverain,
lui rendoit compte des raiſons de ſa convocation, lui préſentoit le Mourche-by,
Acte de ceſſion de la Grand'-Prêtreſſe,
par lequel elle déclaroit qu'elle avoit re-
mis à l'aſſemblée le Prince qui lui avoit
été confié, juroit par Fulghane qu'il
avoit été purifié, & qu'elle le rendoit pur
& ſans tache ; choſe dont elle demandoit
décharge ſelon la coutume. Le Roi alors

de treize ans, avec les marques
certaines (*a*) que j'étois én âge
de convoquer l'affemblée du
Palais de Kaiocles, & d'y choifir un époux.

Quoique j'euffe été élevée
dans les fecrets du Temple, &
que je dûffe avoir fuccé les préjugez de notre Religion & de
nos Loix, dès que j'avois eu atteint l'âge de raifon, j'avois
commencé à me prévenir d'une
antipatie effroïable pour la pra-

la lui faifoit expédier, tenu qu'il étoit
de s'en rapporter aux déclarations de la
Prêtreffe & de l'affemblée, ne lui étant
pas permis felon les Loix de voír jamais
en face, ni d'avoir aucune relation avec
fes enfans.

(*a*) En remettant à l'affemblée la
Princeffe, la Grand'-Prêtreffe juroit par
Fulghane qu'elle étoit vierge & en âge
de donner des fucceffeurs à l'Etat. Ce
jour la fille du Roi paroiffoit vêtue d'une
tunique blanche de fin lin, & portoit fur
la poitrine un foleil d'or dont les rayons
étoient couleur de feu.

tique de deux Loix qui répu-
gnoient entiérement à ma façon
de penfer ; celle d'être privé
pour jamais de la vûe de ceux
à qui je devois le jour, me fembloit contraire aux fentimens
de la nature ; la politique qui y
avoit part fans doute, pour ac-
coutumer de bonne heure les
Rois à n'avoir pour enfans que
leurs fujets, me paroiffoit trop re-
cherchée & trop cruelle ; moins
il m'étoit permis d'afpirer au
cher Ronneur d'embraffer un
pere pour lequel je reffentois la
tendreffe la plus vive , & plus
j'étois preffée de ce défir. Les
dernieres années que je paffai
dans le Temple accrurent ces
réflexions au point, que je brû-
lois d'en être dehors pour parvenir aux fins fecretes que je
me propofois ; j'efpérois trouver dans le défir qui m'animoit

des moyens pour le remplir.

La feconde Loi contre laquelle mon efprit rebelle fe révolta, ne me fit fentir fon horreur, que lorfque je fus avertie qu'il falloit me rendre le troifiéme jour au Temple de Kaiocles pour y choifir un époux ; mon jeune cœur frémit d'un ufage fi contraire à mon élévation de penfer : Quoi ! me difois-je en fecret, d'un fang vil & abject, j'en ferai par une préférence aveugle un héritier d'un fi augufte pere mon maître & mon Roi ! Ces réflexions s'étendoient avec tant de vivacité dans mon cœur prévenu & m'agiterent au point, que je me trouvai plufieurs fois mal dans le même jour ; le *Karveder* (*a*) qui ve-

(*a*) Chancelier du Royaume ; il avoit la prérogative de refpirer devant le Roi, & de porter fes ordres : mais fon plus

noit

noit deux fois par jour apprendre de la part du Roi de mes nouvelles, étant informé par la *Lea-Minska* (*a*) de la mélancolie affreuse dans laquelle j'étois plongée depuis que j'étois sortie du Temple, & de l'altération considérable de ma santé, me demanda respectueusement quel étoit le principe de mes

beau droit étoit d'entretenir commerce entre le Roi & les Princes ses enfans.

(*a*) Simple Prêtresse ; choisie par l'Assemblée générale, pour être Gouvernante de la Princesse jusqu'à ce qu'elle fût mariée, & qui changeoit ce titre en celui de premiere Dame d'honneur après l'hymen fait. *Gregoire de Tours*, dans ses observations à ce sujet, remarque judicieusement, que cette espece d'assistance tirée de ce corps étoit une politique des Ministres de la Religion, afin d'avoir connoissance de tout ce qui se passoit dans le sein de l'Etat, & de protéger la République sacrée, en cas que l'autorité souveraine vît trop clair & donnât quelque atteinte aux Privileges dont elle s'étoit revêtue.

chagrins & de ce changement.

Quelque preſſantes que fuſſent les inſtances de ce Miniſtre,
j'héſitai pendant un très-long
tems à lui faire l'aveu des ſecrets
de mon ame. Auſſi adroit que
reſpectueuſement attaché à
mon pere, il me tourna de tant
de côtez, que je lui fis part naturellement du déſir que j'avois
de voir en face mon auguſte
Roi, & de l'horreur que je me
faiſois par mon hymen d'en
être ſéparée pour jamais. Il n'y
a que le premier aveu qui coû-
te, je me répandis naturellement, & je lui appris que depuis que je me connoiſſois j'a-
vois été tourmentée de ce déſir,
que le ſeul eſpoir de ſatisfaire
à une impatience auſſi naturel-
le avoit conſervé juſqu'alors ma
vie, mais qu'à la veille d'entrer
dans le fatal Temple de Kaio-

cles, mon ame frémiſſante étoit
prête à s'envoller ; dans mon
tranſport je m'abaiſſai dans les
prieres les plus humbles, & je
finis en aſſurant le *Karveder*,
que s'il n'obtenoit pas du Roi
la précieuſe grace de le voir,
je ſerois la premiere à me pré-
cipiter dans les horreurs du
tombeau.

Le Miniſtre ſurpris de mon
emportement & de ce qui y
donnoit lieu, fit en vain tous ſes
efforts pour me calmer ; l'abon-
dance de mes pleurs & la cruelle ſituation où il me vit le tou-
cherent ; il me promit qu'il ren-
droit compte au Roi de toutes
ces choſes, & qu'il ſe ſerviroit
de tout le crédit qu'il pouvoit
avoir ſur ſon eſprit, pour l'ame-
ner au point où je le déſirois.

Ces aſſurances me conſole-
rent & me firent attendre ſon

retour avec une impatience extrême.

La fin du jour se passa sans que le *Karveder* reparut ; je ne sçavois à quoi attribuer ce retard : je tremblois que le rapport qu'il eut fait au Roi des secrets que je lui avois confiés, ne m'eussent attiré sa disgrace ; & cette incertitude me jettoit dans la plus cruelle agitation : mille réflexions rapides & funestes me passerent par l'esprit. J'étois seule dans mon appartement, & n'étant distraite par aucun endroit, je me laissai aller entiérement aux larmes & à la douleur.

Quelqu'occuppée que je fusse des pensées qui me rouloient dans la tête, je ne laissai pas de m'appercevoir qu'il n'étoit pas d'usage qu'on me laissât seule depuis que le *Karveder* m'eut

voit entretenu ; la *Lea-Minska*
qui s'étoit retirée lorsqu'il avoit
paru, selon la coutume, n'étoit
pas rentrée depuis dans mon
appartement ; chose qui déro-
geoit à son ministere, étant de
Loi qu'elle ne devoit me quitter que dans la seule occasion
dont je viens de parler. Sa présence dissipa bientôt cette nouvelle inquiétude, & les raisons
qu'elle me donna me tranquili-
serent aisément sur cet article.

Les ombres de la nuit commençoient à chass la lumiere
du jour ; la *Lea-N ka* & moi
venions de rempli le saint devoir qui nous oblige à prier au
coucher du soleil, lorsque le
Karveder se fit annoncer ; je l'at-
tendis avec un trouble extrême
dans mon cabinet. Princesse, me
dit-il, en entrant, veillez, & te-
nez-vous prête à recevoir le Roi

votre pere ; il confent à remplir
vos défirs, vous jouirez au milieu de la nuit de fon augufte
préfence. Quoi! je ferai donc
affez heureufe, m'écriai-je, pour
recevoir une vifite fi précieufe?
Parlons bas, interrompit le Miniftre, un profond fecret doit
être obfervé ; vous n'ignorez
pas fans doute, Princeffe, que la
faveur que vous attendez entraî-
ne votre perte & la dépofition
du Roi votre pere, fi la Grand'-
Prêtreffe & le peuple en avoient
le moindre vent ; les Loix
font formelles, & les malheurs
dont le Royaume eft menacé,
en cas de contravention, font
fi bien imprimeés dans le cœur
des fujets, que toute autre con-
fidération n'auroit point de lieu,
s'ils fe perfuadoient qu'ils font
dans le cas d'en être accablés.
Ces égards ont fufpendu long-

tems l'envie que le Roi avoit
de satisfaire à votre vive impatience ; mais prévenu comme
vous, le désir de voir une Princesse si tendre & qui lui est si
respectueusement attachée, le
fait passer par dessus toutes les
difficultez qui se sont présen-
tées, & chercher les moïens as-
surés de vous accorder cette entrevûe sans risquer les suites
importantes qui en peuvent résulter. *L'Indiagar* & moi som-
mes convenus que pour obvier
à tous inconvéniens il falloit
que je gagnasse la Prêtresse, &
que supposé qu'elle me devint
suspecte, je m'en assurasse ;
de maniere qu'elle ne pût ni
troubler votre entrevûe ni la
déceler. J'ai crû devoir avant
tout, ô Princesse, vous faire
part de toutes ces choses afin
de vous tranquilliser sur des in-

quiétudes que je devois naturellement soupçonner.

A près ce discours le *Karvedur*
se retira.& fut joindre la Prêtresse. Environ une heure après le
Ministre reparut, & me dit de
me préparer à recevoir bientôt
le Roi,que rien ne troubleroit le
précieux bonheur de le voir, &
qu'il alloit lui rendre compte
des moyens dont il s'étoit servi, & le tranquillifer sur un avantage qu'il défiroit autant que
moi.

J'avoue que je fus transportée de me voir à la veille de
jouir d un bien que je défirois
depuis si long-tems : jamais
Princefle des Amphicléocles
n'avoit été distinguée d'un tel
avantage : à cette douce réflexion se joignit l'espérance d'être
affranchie de la Loi cruelle de
choisir dans de vils prétendans
un

un époux : espérance, que l'antipathie que j'avois pour cet usage, rendoit presqu'aussi chere
que celle de voir en face un
pere respectable. L'idée seule
de ces choses me saisit d'une si
douce impression, qu'à peine
me ressentis-je des indisposi-
tions causées par la mélancolie
& le chagrin. Les maux de l'esprit accablent souvent le corps,
mais lorsqu'ils cessent, il se ré-
tablit aussi aisément qu'il s'est
dérangé.

La troisiéme heure de la nuit
avoit été annoncée par les *Bouch-
chouk-chou* (a) ; mon apparte-

(a) Crieurs publics préposés exprès pour
annoncer les heures, les horloges n'étant
point en usage dans ce Royaume. Les
Amphicléocles partageoient le jour depuis le coucher du soleil jusqu'à son lever en vingt-quatre parties, & ce qui servoit à les diviser étoit une fontaine dont
le bassin étoit d'une grandeur si exacte,
qu'il falloit une demie heure pour le rem-

III. Part.   E

ment parfumé de paſtilles odoriférantes étoit purifié, tous les eſprits élémentaires rentrés dans leur tourbillon par la force de la grande Priere, (*a*) of-

plir ; lorſque l'eau commençoit à gagner les bords, on obſervoit la premiere goutte qui ſe répandoit, alors on tournoit une clef qui dans la minute vuidoit le baſſin à la fois Le Bouch-chouk-chou de garde à la fontaine ſonnoit dans cet inſtant une eſpéce de trompe qui étoit entendue de ſes ſemblables placés de rues en rues à des diſtances convenables, ce qui faiſoit que dans le même moment toute la ville étoit inſtruite de l'heure qu'il étoit.

(*a*) Ces Peuples étoient perſuadés que les atômes qu'ils reſpiroient étoient autant d'eſprits purs ou impurs ſelon le bien ou le mal qu'ils faiſoient ; il étoit encore de foi parmi eux, que lorſque la quantité des impurs s'étoit emparée d'eux & en avoit chaſſé les bons eſprits, ils mouroient ſubitement, & qu'ils étoient transformés en reptils affreux & toujours malheureux. Leur Théologie leur apprenoit à ſe garantir de cette horrible infortune en prononçant trois mots myſtérieux, qu'ils appelloient par excellence la grande Priere.

froient par leur retraite aux In-
telligences divines un azile fans
tache & digne de leur facré féjour. Vétue d'une tunique fim-
ple & couleur d'aurore, j'étois
prête à recevoir mon pere &
mon Roi, je comptois les mo-
mens, les fecondes ; déja l'inquiétude s'emparoit de mes ef-
prits, lorfqu'un bruit fourd me
fit treffaillir dans la confiance
qu'il m'annonçoit une vûe tant
défirée ; mais que vois-je!le *Karveder* paroît à mes yeux fans
'écharte royale, marque cer-
aine de l'arrivée du Souverain.
Ah ! Ciel, m'écriai-je, dans la
rainte qui m'agite, qu'eft devenu le Roi ? où eft-il ? auroit-il
changé de réfolution,& fe pour-
oit-il qu'il manquât à fon augufte parole ? Non, Princeffe,
reprit le Miniftre , vous le ver-
rez : mais à quoi fa complaifan-

ce aveugle ne nous expoſe-t-
elle pas ? Nos ſecrets ſont tra-
his , la *Lea-Minska* ou nous a
écouté, ou les a pénétrés; la Grande Prêtreſſe eſt inſtruite des in-
tentions du Roi : par ſon canal
le peuple eſt ému & demande à
haute voix que vous ſoyez ſacri-
fiée ſelon les Loix , pour appaiſer Fulghane (*a*) que l'on feint
en colere. Ce Peuple effraïé
des malheurs qui lui ſont annoncés , environne le Temple &
demande le ſacrifice ; en vain
le grand *Indiagar* cherche à
l'appaiſer , rien n'eſt capable de
le faire revenir de l'ancienne
ſuperſtition. Dans le danger extrême qui menace vos jours, le
Roi m'envoye vous dire de me

(*a*) Simulacre ou répréſentation d'un
homme monſtrueux , qu'ils prétendoient
le principe de toutes choſes & l'adoroient
comme tel ſous le nom de Fulghane.

suivre afin de vous mettre à l'abri de la rumeur publique, dans un appartement secret ; il vous attend ...... Je le verrai donc, m'écriai-je comblée de joye ? Quoi, je serai affez heureufe pour embrafier cet augufte pere ? Oui, Madame, continua ce Miniftre . mais ne perdons point de tems, moderez vos tranfports, dans la fituation préfente nous ne fçaurions trop nous obferver.

Le danger que je courois me fit foumettre aux confeils plus fages du *Karveder* ; il me fit paffer en des détours fouterrains & inconnus : d'une main il portoit un flambeau, & de l'autre il m'aidoit à marcher. Après être paffés de cette maniere d'un quartier du Palais à l'autre, nous montâmes un dégré fecret, qu'il me dit aboutir

E iij

à l'appartement du Roi .Lorſque nous y fûmes , il s'approcha vers la porte d'un cabinet, à travers la ſerrure duquel il ſouffla (*a*) & dans le moment elle s'ouvrit.

Le *Karveder* alors me fit ſigne d'entrer ; je fus ſaiſie juſqu'au fond du cœur à l'aſpect du grand *Lindiagar* , qui s'avança avec bonté pour me recevoir, à peine eus-je la force d'embraſſer ſes genoux : Cleannés , (*b*) me dit-il ,

(*a*) Il n'étoit permis à aucun des ſujet du Roi de quelque qualité qu'ils fuſſent , de gratter ni de heurter aux portes des appartemens où le Roi étoit enfermé ; un trou fait vers le bas ſervoit à ſouffler à ceux qui en demandoient l'entrée : derriere la porte ſe tenoit un nain ſourd & muet , qui faiſoit les fonctions d'Huiſſier, & dont l'emploi étoit de tenir ſon oreille collée contre l'ouverture par laquelle le ſouffle paſſoit.

(*b*) Nom de toutes les Princeſſes des Amphictbocles, qui ſignifie dans leur Langue , héritiere de l'Empire. Naſilaé comme ſe nommoit celle-ci, étoit celui qui lui

en me relevant & en me met-
tant la main fur la tête, (*a*) raf-
furez-vous ; en vain la Grand'-
Prêtreffe fait fes efforts pour
vous perdre ; je ne fuis l'efclave ni de fes clameurs ni de l'a-
veuglement de mon peuple ;
j'adore le grand *Fulghane*, mais
la raifon m'a enfeigné à diftin-
guer dans le nombre des Loix
impofées, celles qui font éma-
nées de fa fageffe divine d'avec
celles qui font enfantées par la
politique de fes Miniftres. J'ai
fait jufqu'ici mes efforts pour
marcher dans le fentier de la
vertu, & je ne crois pas avoir
mérité l'affreux fupplice d'or-
donner le trépas de ma propre
fille ; ce n'eft pas d'aujourd'hui

avoit été impofé , felon l'ufage , en entrant dans le Temple.
(*) L'impofition des mains par le Roi
étoit la plus grande de leurs faveurs.

que j'entrevois les desseins secrets de la Grand'-Prêtresse;
mon peu de condescendance à
ses vûes, & la fermeté avec laquelle j'ai retenu jusqu'ici ses
entreprises, lui fait saisir l'occasion présente pour m'en faire re-
pentir: sa cabale, ses intrigues,
semblent triompher, mais j'ai
des moyens infaillibles & nouveaux pour l'anéantir. Pour le
présent, ô Cleannés, il faut cé-
der à la rumeur publique &
vous soustraire à la premiere fureur de la rébellion; à quelque
point que se portent les révol-
tez, ils ne seront pas assez té-
méraires pour oser profaner le
sanctuaire de mon Palais : cependant *Karveder*, continua ce
grand Roi, faites ce que je vous
ai dit. Que les Bouch-chouk-
chou publient l'assemblée générale, & lorsque le Temple

fera ouvert, vous vous preſſe-
rez de m'en donner avis.

Le Miniſtre ſortit après ces
paroles ; il étoit tems pour le
Karveder , la prérogative de reſ-
pirer devant le Roi qui étoit attachée à ſa charge, n'avoit plus
de lieu lorſque le Prince parloit,
ce qui faiſoit que les Souverains
étoient fort concis dans leurs
ordres.

Dès que je fus ſeule avec le
Roi, ce bon pere ſortit du caractére fatiguant de ſa grandeur,
il prit un flambeau l'approcha
de mon viſage, en examina les
traits, ſembla les conſidérer avec
plaiſir , & enſuite il m'embraſſa;
je reçus ſes careſſes avec les
mouvemens les plus doux , &
j'y répondis en fille tendre &
qui en reſſentois tout le prix.
Le Roi me fit aſſeoir à ſes côtez , & m'entretint familiére-

ment de la violence qu'il s'étoit
faite jufqu'alors pour ne pas me
voir : je pris cette occafion pour
lui marquer l'inquiétude que
j'avois que les malheurs préfens
ne lui fiffent regretter fa complaifance : il me raffura de nouveau, mais en même tems il ne
put s'empêcher de fe répandre
en plaintes améres fur les défa-
grémens attachés au diadême,
furtout lorfqu'un Monarque
penfoit affez bien pour fe faire
un devoir d'en remplir exactement toutes les fonctions. Cette
mauvaife humeur l'amena jufqu'au point d'envier l'état d'un
fujet ordinaire ; du moins, di-
foit-il, un particulier jouit de
lui-même & n'eft point l'efclave
des apparences & des abus ;
lorfque la raifon l'éclaire, il
peut fe laiffer conduire par elle,
& en fauvant les bienféances ci-

viles, goûter voluptueusement
les délices de la vérité. N'est-ce
pas une chose épouventable,
continua l'*Indiagar*, qu'un Roi
soit obligé d'admettre le mauvais usage & le caprice avec lequel on marie ses enfans ; combien de sortes de faux préjugez
n'a-t'on pas de ces unions disproportionnées ? Quoi ! parce
que l'antiquité nous a transmis
des Loix erronnées & éloignées
du bon sens, faut-il qu'un respect
ridicule les conserve & s'oppose à leur destruction ? Comment
concilier encore avec la raison,
que celui qui doit être le maître de cet Empire (*a*) trouve

(*a*) Par la Loi Kaiocles, il étoit dit
que le dernier des enfans du Souverain
étoit l'héritier présomptif. L'Etat n'admettoit pour enfans du Roi, que les trois
premiers, lorsque la Reine leu mere
avoit été choisie dans le Temple de Kaiocles.

son pere dans un sujet né pour obéir, & qui ne doit son élévation & la préférence qui le fait choisir, qu'à des yeux prévenus ou fascinés. L'antiquité pourroit elle me persuader enfin que la salive (*a*) d'un Souverain por-

A la troisiéme couche, alors elle étoit renfermée par une des Prêtresses de Fulghane, & n'avoit plus aucune habitation avec le Roi.

Quand la Reine étoit fille du feu Roi, elle avoit le privilege de répudier son mari après la naissance d'un Prince ou d'une Princesse ; mais lorsque cela arrivoit, il ne lui étoit pas permis d'en reprendre un autre

S'il arrivoit que la Reine mourût après la répudiation faite du Roi, l'héritier présomptif, la Grand 'Prêtresse jouissoit de l'importante prérogative de la Régence à la mort de la Reine, jusqu'à ce que l'assemblée générale eût choisi dans le Conseil des sept, dont il sera parlé plus bas, celui qui devoit gouverner & succéder à l'éminente dignité de Souverain des Amphicléocles.

(*a*) La salive du Roi étoit dans une si grande vénération chez ces Peuples, qu'ils prétendoient que lorsqu'ils avoient

te avec elle la force & la vertu

l'honneur d'en être mouillés au front,
non seulement ils étoient annoblis, mais
encore que les esprits impurs n'osoient
les approcher.

Lorsque l'héritier ou l'héritiere de la
couronne se rendoit dans le Temple Kaiocles, c'étoit leur salive qui désignoit l'époux ; mais cette importante grace ne se
faisoit qu'après l'examen général des prétendans, dont le docte Scaliger décrit
ainsi la cérémonie dans le Traité de ses
Antiquitez.

Dès que la Princesse *Cleannés* étoit entrée dans le Temple *Kaiocles*, les portes
en étoient barricadées, on lui bandoit ensuite les yeux, & on la conduisoit de cette
façon dans la salle royale. Lorsqu'elle
étoit assise sur le thrône qui lui étoit préparé, une Prêtresse lui rendoit l'usage de
sa vûe ; les gradins qui environnoient le
thrône en demi cercle étoient remplis de
tous les mâles prédestinez, parez simplement de leurs graces naturelles.

Si la *Cleannés* du prémier coup d'œil
se décidoit, l'assemblée se rompoit, &
l'époux étoit annoncé dans le même instant au peuple, mais s'il arrivoit que la
Princesse parût incertaine, elle étoit autant de jours à choisir son mari, qu'il y
avoit de prétendans.

Le sçavant Heinsius qui a commenté

d'annoblir un sujet & de l'épa-

cet article, ajoûte que l'héritier ou l'héritiere des Amphicléocles étoient obligés
de passer un jour avec les personnes aspi-
rantes à l'hymen, afin que le caractére &
la figure fussent examinés.

Le même Sçavant nous apprend que
les enfans renfermés au Temple de *Kaiocles* s'appelloient *Kails*, que chacun d'eux
avoit une cellule où ils étoient sous la
clef, étant défendu par la Loi qu'ils eussent aucune communication les uns avec
les autres, & que c'étoit dans une de ces
petites chambres que le Prince ou la
Princesse faisoit l'examen.

Strabon observe encore, qu'il y avoit
un œil secret à chacune de ces cellules, à
travers lequel une Prêtresse veilloit à ce
qui se passoit entre les deux personnes en-
fermées, & que s'il arrivoit alors que le
Kail eût été choisi, que le Prince ou la
Princesse étoient obligés alors de s'en tenir à celui ou a celle que l'amour avoit
privilégié. L'Abbé d'Aubignac prétend
dans les Recherches sur les Anciens, que
cet événement étoit arrivé trois fois dans
le cours de trois siécles, & que les Peuples de ce Royaume avoient remarqué
qu'ils n'avoient jamais eu de regne plus
heureux.

Le célébre M. de Thou, qui s'est étendu sur cette matiére beaucoup plus que

rer de fa baffeffe ; l'efpéce des
Rois eft-elle d'une autre nature
que celle du moindre de fes fujets ; l'expérience ne nous prou-
ve-elle pas au contraire , que
les infirmitez du corps & de
l'efprit des Princes eft égale à
celle des autres hommes ? Cent
fois ma raifon s'eft révoltée contre de fi odieufes frénéfies ; cent
fois dans le deffein d'ouvrir les
yeux à un peuple aveugle , j'ai

tous les autres Sçavans, conte à cette occafion l'hiftoire d'un Prince nomme *He-*
liebol , qui pafla vingt-deux jours dans le
Temple *Kaiocles* à faire fon examen ;
l'année fuivante dix-fept fucceffeurs s'en-
fuivirent, qui occafionnerent quinze ans
après une guerre très-vive à la mort du
Roi leur pere, chacun de ces enfans voulant monter fur le thrône. La Grand'-
Prêtreffe rendit un oracle fur ces divi-
fions , par lequel tous les rivaux furent
exclus , & elle prit la Régence pendant
l'interregne , jufqu'à ce que l'affemblée
générale qui fut convoquée, eût élû un
autre Roi.

tâché d'appuïer de si saintes vûes du crédit de ceux qui ont droit d'entraîner leurs suffrages; mais tel est l'entêtement, ó Princesse, de ceux même qu'une éducation élevée doit éclairer, le préjugé domine, la foiblesse du vulgaire a consacré ces fastueux usages! en vain la raison veut-elle percer cette ignorante obscurité, il semble que l'on se plaise dans ces ténébres, & qu'on rougiroit de voir dissiper des nuages dont l'orgueil, l'indolence, & la mollesse sont les principes.

Je ne vous rapporterai point tout ce que la sagesse & l'érudition de mon pere lui fit dire sur ce sujet; il finit ses réfléxions en m'engageant à lui faire part naturellement des miennes. Je me prêtai avec confiance à ses désirs: il fut surpris de

connoître

connoître qu'à mon âge j'eusse déja sécoué les voiles de la prévention ; sa joye surtout fut extrême lorsque je lui eus fait part de mon antipathie pour les usages de l'hymen, ausquels je devois être immolée ; la maniére dont je m'exprimai sur ce sujet le surprit & l'attendrit. Ah ! ma fille, s'écria-t'il, en m'embrassant une seconde fois ; que les Dieux soient loués ! à cette élévation d'ame je reconnois mon sang, & le présent du ciel depuis si long-tems annoncé. Fasse le même ciel, que les indices que vous me donnez soient conformes à la grande prophétie. (a) Tout semble vous dé-

(a) La tradition portoit qu'un jour le peuple étant assemblé dans le Temple de Fulghane, pour implorer sa miséricorde au sujet d'une stérilité générale, qui avoit fait survenir la famine, le Simulacre du Dieu tourna le dos au peuple,

III. Part. F

figner , ô grand Wilkonhis, continua-t-il , feul (b) que j'ado-

trembla & jetta un grand cri ; le peuple confterné de cet affreux préfage fe jetta par terre & redoubla fes clameurs : un éclat de tonnerre augmenta l'effroi , renverfa la voûte de l'édifice , & laiffa voir le ciel enflammé , une voix bruyante fe fit entendre dans les airs qui prononça ces mots : *Tu ne regneras pas toujours , ô Fulghane , tes Autels s'anéantiront lorfqu'une Princeffe venra fon pere & recevra de lui mon nom & mes loix.*

Après ces paroles proférées , le chant d'une mufique divine chanta , *Loué foit l'Etre des airs , une Princeffe triomphera de Fulghane , renverfera fes Autels & fes Miniftres , fera enlevée du milieu de fes fujets blafphémateurs , trouvera dans le centre de la terre un fidéle qui deviendra le reftaurateur du vrai culte , qui dépofera les os de fon pere & de fon Roi , & rentré en fon Royaume y bâtira un Temple à Wilkonhis.*

(b) On lit dans l'Hiftoire de l'Indifgar , dont les Anciens nous ont confervé quelques fragmens , qu'en revenant un jour de la chaffe , un Vieillard vénérable lui apparut , qui lui fit figne de le fuivre , à quoi le Roi ayant obéi , le Spectre lui couvrit les yeux de fa main & lui demanda s'il voyoit clair :le Prince ayant

re, & qui par un miracle fait de
ta part en ma faveur, a bien
voulu se manifester & me faire
sentir le ridicule de nos faux
Dieux, acheve ton ouvrage,
éclaire un cœur qui semble digne de t'être consacré : fais, s'il
se peut, que cette Princesse
soit l'élûe qui depuis tant de siécles nous est annoncée ; il en
doit coûter la vie à son pere,
que tes decrets suprêmes soient
accomplis, j'y suis tout résigné,
ma fin fait la félicité de ma fille

répondu que non, le Vieillard lui dit : eh
bien, *Indiagar*, le même nuage qui te cou-
vre à présent, offusque les yeux de ta
raison. Il n'y a qu'un seul Etre qui doit
être adoré, prosterne-toi à ses pieds, &
reconnois en lui le grand *Wilkonhis* ; viens
demain ici à la même heure, tu y rece-
vras ses loix, & tu apprendras qu'une
Princesse de ton sang bâtira un Temple à
l'Etre des airs.

L'Historien de ce tems n'en dit pas da-
vantage ; il y a apparence que l'*Indiagar*
se rendit aux ordres du Vieillard.

& de mes peuples , je la compte pour rien dans de si cheres occasions.

J'aimois trop le Roi mon pere , pour que ses dernieres paroles ne portassent point de trouble en mon cœur , je lui demandai avec empressement ce qu'elles signifioient , & si je devois être assez malheureuse pour occasionner la fin de si heureux jours. Ne vous allarmez point, ma fille , reprit-il, une main divine les a comptés , & rien ne peut en retarder ni en augmenter le cours ; quand il seroit vrai que vous eussiez part à cette fin que je vous prédis , l'idée des avantages qui en doivent résulter pourroient seuls faire le comble de ma joye : cessez vos pleurs , ô *Cleannés* , continua mon pere , me voyant attendrie , elles deviendroient crimi-

nelles , nous ne fommes point
faits pour lutter contre le ciel ,
& nous devons également recevoir fes faveurs & fes fléaux ;
ne fommes-nous pas trop hono-
rés de ce qu'il veut bien fe fervir de nous pour en faire l'in-
ftrument de fa gloire ? Ah ! nous
ne devons pas douter qu'un tel
bonheur ne foit acheté par des
traverfes & par des peines, l'efprit célefte me l'infpire , mais
auffi la récompenfe qui nous attend l'un & l'autre eft magnifique, elle eft au-deffus de tout
ce que l'efprit humain peut concevoir. Demeurons-en là, Princefle , continua le Roi, me
voyant embarraffée de cette
énigme ; la vérité vient de parler par ma bouche, mais il ne
m'eft pas permis encore de vous
l'expliquer.

Malgré cet avertiffement ,

que je devois regarder comme un ordre, j'allois peut-être encore infister, lorfqu'une rumeur épouventable vint frapper mes oreilles. L'*Indiagar* fans en paroître ému mit le doigt fur fa bouche, me fit figne de le fuivre, & me conduifit dans un endroit fecret, où avant que de m'enfermer, il me dit de ne point me troubler ni d'avoir aucune inquiétude, que fa feule préfence alloit diffiper les nuages de la rébellion. Quelque confiance que je dûffe avoir en ces paroles, elles ne purent me raffurer; je me jettai aux genoux de mon pere en le priant de me permettre de le fuivre, afin du moins que s'il avoit des rifques à courir je les partageaffe avec lui. A ce difcours il fronça le fourcil, & me regardant d'un œil intrépide, il me dit d'un ton

sévére, que ses bontez ne devoient pas me faire oublier qu'il
étoit mon pere & mon Roi, &
qu'en ces qualitez il vouloit être
obéi ; il se tût après ces mots,
m'enferma & sortit.

Je passai le reste du jour dans
les allarmes les plus cruelles,
un murmure sourd qui perçoit
jusqu'à moi, ne me laissoit pas
douter que la rébellion ne con-
tinuât ; j'invoquai le ciel pour
le salut de mon pere, il m'étoit
devenu plus cher depuis que je
le connoissois : ses bontez & sa
complaisance se retraçoient à
mon esprit troublé, & me fai-
soient trembler qu'à chaque instant l'on ne m'annonçât sa perte, & qu'alors je ne devinsse la
proye des rebelles ; cruel état
que celui de l'incertitude ! surtout quand on n'a aucun lieu
de se flatter.

La nuit suivante se passa dans cet horrible état, quoiqu'aucun bruit ne frappât mes oreilles, & que ce changement dût me persuader que les troubles étoient cessés. Je commençois à désespérer de mon sort, lorsque le *Karveder* parut subitement à mes yeux. Princesse, me dit-il, essuyez vos pleurs, le Roi votre pere triomphe, il a percé par sa sagesse profonde les nuages épais dont la Grand'-Prêtresse couvroit ses desseins criminels; elle reçoit actuellement le châtiment de ses détestables pratiques; le Souverain a fait tomber à la face des Autels & du Peuple le masque trompeur dont elle se paroit & qui séduisoit; ce détail est trop intéressant & prouve trop la sagacité du Monarque, pour en omettre aucunes circonstances
témoin

témoin fidéle, je puis vous en
rendre un compte exact.

Après ces paroles, le Miniftre me fit paffer dans l'appartement du Roi, où m'étant af-
fife, il fe mit à mes pieds & parla en ces termes:

Pendant le tems que le Roi
étoit enfermé avec vous, ô Princeffe, le Confeil des Sept (*a*) fe

___

(*a*) L'Hiftoire ne rapporte point l'o-
rigine du Confeil des Sept, ce qui prouve fon antiquité; ce qu'il y a de certain,
c'eft que fes priviléges étoient immenfes:
lui feul avoit le droit de convoquer l'affemblée générale des Etats, d'y propofer
& d'y réfoudre les affaires les plus importantes, de décider de la paix, de la guerre, & de regner fous la Grand'-Prêtreffe
lorfqu'il y avoit un interregne; ceux qui
compofoient ce Confeil étoient des plus
âgés du Royaume: lorfqu'il vaquoit une
place, le Confeil n'avoit plus d'autorité
jufqu'à ce qu'elle fût remplacée; pour y
être admis il falloit avoir vû quatre générations, n'être entaché d'aucune paf-
fion, & avoir rendu quatre fervices importans à l'Etat.

III. Part.   G

tenoit dans le Temple de Fulghane; la Grand'-Prêtresse qui a
le droit seule de le faire assembler, l'avoit convoqué : elle y
parut au pied du Simulacre couverte des lugubres vêtemens
avec lesquels elle se paroit dans
les calamités publiques, & se
frappant la poitrine, elle y ex-
posa les malheurs dont l'Etat alloit être accablé par la transgres-
sion des Loix, fit une peinture
effroïable des horreurs dont le
Royaume étoit menacé; la force de son discours la conduisit
bientôt dans l'entousiasme divin des foudroyans Oracles ;
tous ses traits changent, annon-
cent la convulsion : ses yeux
sortent furieux de sa tête, &
semblent verser des larmes de
sang. Elle écume, Fulghane
parle lui-même par sa bouche;
O vous, Conseillers seuls, s'écrie-

t-elle, colonnes respectables de cet
Empire & son plus ferme appui,
écoutez moi ; les fondemens de cet
Etat tremblent & sont prêts à s'é-
crouler : la masse énorme de l'uni-
vers se détache, le seul doigt de ma
miséricorde la soutient : en vain
j'ai ordonné, je ne suis plus obéi,
mes autels ne sont point teints du
sang d'une Princesse criminelle, on
méprise mes Loix, un pere entre
ses bras la soustrait à FULGHANE ;
qu'attend-t-il pour réduire ces criminels en poudre ? la sainteté seule
de ses Ministres le retient, mais
qu'avant la fin du jour le feu sacré
soit éteint du sang des coupables,
ou périssent tous les Amphicléocles.

Après ces derniers mots proférés, la Grand'-Prêtresse baisse
la tête & rentre dans le Sanctuaire ; le Conseil des Sept ef-
frayé de l'Oracle, sort du Temple & annonce au peuple in-

terdit de ſa convocation (*a*) la colere, les menaces & les ordres du Dieu qu'il révére.

La rébellion comme un poiſon ſubtil & violent gagne tous les cœurs; le peuple court en foule au Palais & veut y entrer tumultueuſement en demandant à grands cris la Princeſſe. Le Conſeil des Sept en défend l'entrée, & toujours rempli de reſpect pour le Sanctuaire de nos Rois, il lui parle & l'en fait reſſouvenir. L'un des Sept lui annonce que le Conſeil pour obtenir la grace après laquelle les Sujets ſoupirent, va lui-même la demander au Monarque: à cette aſſurance le peuple ſe calme & attend avec moins d'émotion l'effet de ces paroles.

(*a*) Ce Conſeil n'étoit jamais convoqué que dans les néceſſitez les plus urgentes de l'Etat.

Pendant que ces choses se passoient, j'attendois ici, ô Princesse, les ordres de mon Souverain. Après l'entrevûe qu'il avoit eu avec vous, & tout rempli du pas extraordinaire qu'il faisoit, en accordant une grace si expressément défendue, je tremblois des suites qu'elle pourroit avoir, si l'on venoit à s'appercevoir du commerce secret entre vous & le Roi ; je réfléchissois, dis-je, aux risques que nous courions tous, lorsque le Conseil des Sept parut à la porte ; je me troublai à sa vûe : vous le sçavez, ô Princesse, il n'est permis qu'à moi seul d'entrer dans cet appartement ; tout autre de sa vie paye cet attentat : malgré le trouble qui m'agitoit, je volai vers eux. & leur présentant le Ki-argouh (a) sa-

(a) Effigie du Roi que portoit au col

G iij

cré ; je demandai à ces Sages
qui les rendoit affez témérairés
pour contrevenir à des ufages
que leurs fermens avoient con-
facrés ? A la préfentation de ce
redoutable afpect, ils fermerent
humblement les yeux, & s'é-
crierent qu'ils n'ignoroient pas
que la mort ne fcellât cette
contravention ; mais que dans
la place qu'ils occupoient, ils
étoient faits pour facrifier leurs
jours lorfqu'il s'agiffoit de la
gloire du Souverain & du falut
de fon peuple, & que lorfqu'ils
fe feroient acquittés de leur
miniftere, ils étoient prêts à
périr. En achevant ces mots ils

le *Karveder*, qui fervoit de Sceau aux ordres qu'il portoit de la part du Souverain
à fes Sujets ; ils avoient une telle venéra-
tion pour l'afpect de ce figne, que lorfqu'il leur étoit montré ils fermoient les
yeux, comme fe reconnoiffant indignes
de voir en face cette Effigie facrée.

se mirent à jetter des cris lugubres & touchans, qui perce-
rent bientôt jusques dans le cabinet où le Roi étoit enfermé.

Je faisois mes efforts pour ins-
pirer au Conseil des Sept de se
retirer, lorsque l'*Indiagar* parut ; à sa présence subite nous
fermâmes tous les yeux, les
sept du Conseil retinrent leurs
haleines, mirent le doigt dans
leur bouche (*a*) & tournerent
le dos. Le Roi recula deux pas
à leur vûe : Que vois-je ? s'écria-
t-il, Fuighane est-il donc des-
cendu de son trône éternel ? Pa-
roit-il dans ces climats ? A-t-il

(*a*) Le doigt dans la bouche étoit encore un attribut de respect, & le sçavant
Commentateur Anglois en a donné une
raison bien plus valable ; il prétend que
la crainte de suffoquer en retenant trop
long-tems son haleine, avoit fait imaginer ce respectueux expédient, parce
qu'en peut respirer de certe sorte sans
qu'on s'en apperçoive.

G iiij

brifé le grand Livre d'airain ? (*a*)
Les Loix font-elles anéanties,
& fuis-je dépofé ? A ces interro-
gations le Confeil des Sept troublé ne répond rien : parlez, continua le Roi, & avant que je
vous permette de refpirer (*b*)
ouvrez-moi vos cœurs.

(*a*) Ce Livre avoit dix-huit pieds de
hauteur & douze de largeur ; il n'étoit
rempli que de points & de virgules, &
c'étoit la maniére dont ces caractéres
étoient difpofés, qui fignifioit les mots ;
c'étoit dans ce prodigieux volume où
étoient écrites toutes les Loix, & on ne
l'ouvroit que dans les néceffitez urgentes
de l'Etat

(*b*) Lorfque le Souverain des Amphicléocles permettoit à un de fes Sujets de
refpirer, c'étoit lui commander de mourir : ces Peuples étoient élevés dans une
telle foumiffion, qu'après ce comman-
dement répété trois fois par ces mots,
Ookhilgrhouk, celui auquel il étoit adreffé
rentroit chez lui la tête couverte du derriere de fa chemife marque de profcrip-
tion, remettoit au chef de fa famille la
marque de fa fupériorité, qui étoit le
pouce de fa main gauche qu'il fe coupoit

Le moins âgé (a) des sept,

lui-même, & se rendoit ensuite dans le
Temple de Fulghane avec celui de sa famille qu'il chérissoit le plus, & qui tenoit
à honneur de mourir avec le proscrit. Dès
que ces victimes de la superstition avoient
montré aux Prêtresses leurs mains muti-
lées, elles chantoient une Hymne en
l'honneur du Dieu, après laquelle on
ceignoit la tête des coupables d'une ban-
delette couleur de feu, ensuite ils étoient
suspendus par dessous les bras & attachés
en face du Simulacre ; ces sujets fortu-
nés avoient la douce consolation en mourant de perdre le jour vis-à-vis l'idole,
dont ils imaginoient le tenir : cette mort
chez les Amphicléocles n'étoit point im-
putée à deshonneur, au contraire, Strabon nous assure qu'elle étoit souvent sol-
licitée comme une récompense des servi-
ces rendus : cependant l'Abbé d'Aubignac
assure le contraire, & dit à ce sujet qu'il
est bien vrai qu'il y a eu un Ministre nom-
mé *Koïl*, sous le regne de *Taphaïk*, qui
qui demanda au Roi la grace de mourir
dans le Temple de Fulghane, mais qu'il
y mourut de vieillesse & non de faim, &
que les Prêtresses avoient un soin tout
particulier de lui.

(a) En ce Royaume les cadets étoient
les aînés, & jouissoient de toutes les
prérogatives attachées à ce droit.

après s'être laiffé tomber à la renverfe, prit la parole & rapporta les nouveaux troubles dont la Capitale étoit agitée par le dernier Oracle de Fulghane. Lorfque le Sage eut achevé fa relation, l'*Indiagar* ôta brufquement du pied gauche fa pabouche (*a*) & la remit entre les mains du plus vieux (*b*) du Confeil des Sept, qui la leva au bout de fon Sankdakhar (*c*); les fix

(*a*) Chauffure du Roi : lorfqu'il l'ôtoit du pied gauche, c'étoit une marque qu'on devoit le porter dans le Temple.

(*b*) Il faut que le Grec dans cet endroit n'ait pas été bien entendu, car les plus âgés étoient ceux qui étoient revêtus des moindres emplois : & Cirano cite, que l'honneur de porter l'étendart n'étoit conféré qu'aux Prêtreffes les plus jeunes, c'eft-à-dire, les plus anciennes felon l'ufage du Royaume.

(*c*) Bâton couvert d'une peau de ferpent, dont la tête étoit ornée d'un crapaut, marque de la dignité d'un Confeiller des Sept.

autres du Conseil qui apprirent à l'oreille ce qui venoit de se passer, enleverent (a) le Roi & le porterent par son ordre, au Temple de Fulghane, précédés de celui qui portoit la pabouche royale, selon la maniére accoutumée

Le peuple qui environnoit le Palais, & qui ne s'attendoit pas à voir sortir son Souverain porté (b) par le Conseil respecta-

(a) La maniére dont le Roi des Amphicléocles étoit porté est particuliere ; c'étoient les Prêtresses qui avoient seules ce magnifique droit : elles étoient au nombre de cinq qui se relayoient d'heure en heure lorsque le voyage étoit long. Le Roi se couchoit par terre le dos vers le ciel : la premiere Prêtresse l'enlevoit de terre par les cheveux, & les quatre autres le portoient par les bras & par les jambes. Aristote remarque qu'on portoit le Souverain de cette façon par respect la face tournée contre la terre, afin que des yeux indiscrets ne rencontrassent pas ses regards.

(b) Cette époque est considérable dans

ble des Sept, tourna le dos avec

l'Hiſtoire des Amphicléocles : avant cet
événement il n'y avoit que les Prêtreſſes
de Fulghane qui euſſent l'honneur de porter le Roi. Depuis ce tems le Conſeil des
Sept s'eſt maintenu dans ce privilege auſſi
bien que dans celui de porter la pabouche
royale.

Lorſque le Souverain marchoit, les
Bouch chouck-chou l'annonçoient par
une clameur particuliere qui déſignoit ſa
marche : alors tous les peuples étoient
obligés de ſe trouver ſur ſon paſſage, &
dès que la vûe de la pabouche leur avoit
frappé les yeux, ils tournoient reſpectueuſement le dos & crachoient en l'air
pour le rafraichir.

Heinſius qui n'a rien laiſſé à déſirer de
tous les uſages anciens, a fort bien remarqué, que l'origine des fluxions de poitrine
a pris naiſſance de cette cérémonie, parce que l'affection de ces bons peuples, dit-
il, étoit ſi grande, que dans les chaleurs
ſurtout, leur ſputation étoit ſi fréquente
& ſe faiſoit avec tant d'ardeur lorſque le
Roi paſſoit, qu'ils ſort ient ordinaire-
ment epuiſés de cette marche. Le même
Sçavant qui a fort bien prouvé que nous
deſcendons de ces peuples, appuye ſa
preuve de l'exemple journalier des peres
qui communiquent leur mauvais tempé-
rammnent à ceux qui ſortent d'eux : ce ſont

un respect furieux, & le suivit à
reculons au Temple de Fulghane, où il s'attendoit à la
plus étrange révolution ; les cris
des Bouch-chouk-chou (a) aïant
averti les Prêtresses de la venue
du Roi au Temple, elles vin-
rent au devant de lui fort éton-
nées & de sa venue & de la maniére dont il s'y transportoit ;
l'aspect royal de la pabouche
les contint dans le respect qu'-
elles lui devoient, & les fit rentrer dans le Temple où je m'é-
tois rendu, comme il me convenoit, pour prévenir la Grand'-

de ces faits qu'on ne doit jamais révoquer
en doute.

(a) Lorsque le Roi sortoit de son Palais, ces Crieurs publics, comme on l'a
déja dit, l'annonçoient à toute la Ville,
il n'étoit alors permis à aucun de ses Sujets
de travailler, & ses tems de sorties étoient
des jours de fêtes pour les Amphicléocles,
ils étoient annoncés d'une année à l'autre,
& fêtés par tout le Royaume.

Prêtreffe de l'arrivée du Roi.

A la premiere nouvelle que je lui en donnai, elle parut pâle & interdite; mais diffimulant, elle me demanda avec beaucoup de douceur quelles étoient les raifons du Roi pour donner des atteintes (*a*) fi extraordinaires à fes privileges, & quelle occafion importante pouvoit l'obliger à paroître devant la Divinité, nonobftant la Loi qui lui défendoit de fe trouver dans le Temple hors les jours qui lui étoient marqués. (*b*) L'*Indiagar* qui parut alors, m'épargna l'embarras de lui répondre; à peine la Grand'-Prêtreffe le vit-

(*a*) Le droit que ces Prêtreffes avoient de porter le corps refpectable du Souverain.

(*b*) Le Roi ne pouvoit entrer dans le Temple fans une permiffion de la Grand'-Prêtreffe, qu'elle n'accordoit que quatre fois l'année.

elle, qu'elle rentra dans le Sanctuaire, & fut fe placer la premiere au pied du Simulacre,
& fe tût jufqu'à ce que le Roi
fut monté fur fon thrône ordinaire; c'étoit là, ô Princeffe, où
cette femme diffimulée attendoit le Roi pour lui porter des
coups affurés ; fans cette politique & ce jugement profond
dont il eft rempli, il étoit perdu : la Grand'-Prêtreffe avoit la
fupériorité du thrône par ce qu'-
elle repréfentoit le Dieu des
Amphicléocles ; mais de la
grande Tribune (a) l'*Indiagar*

(a) Thrône élevé au plus haut du
Temple ; il n'y avoit que le Roi feul qui
pût s'y placer, ce qui n'arrivoit que dans
les révolutions les plus importantes de
l'Etat : mais quand le Souverain avoit des
raifons fecretes pour faire valoir fon autorité, & qu'il pouvoit par fa politique
obtenir de la Grand'-Prêtreffe & de l'affemblée d'y monter, alors il étoit abfolu,
changeoit les Loix de l'Etat ou en faifoit

se trouvoit son égal , & le peuple seul pouvoit faire tomber la balance du côté que son inclination lui dictoit.

La Grand'-Prêtresse tressaillit lorsque les gardes de la Poulie eurent ordre de descendre le *Glis-koar* (*a*) ; elle voulut en vain élever la voix pour s'opposer à ce qu'elle appelloit un attentat manifeste contre les Loix du Royaume. L'ardeur avec laquelle *l'Indiagar* fut servi dans cette occasion importante, rendit frivoles les remontrances de la Prêtresse , le Souverain étoit déja sur le haut thrône , cela seul décidoit,

A peine les *Bouch-chouk-chou*

d'autres selon ce qui lui étoit le plus convenable , & ses décrets étoient alors reçus avec autant de vénération que si Fulghane se fût lui-même expliqué.

(*a*) Machine par laquelle on montoit le Roi à la grande Tribune.

eurent-ils

eurent-ils fait les cris ordinaires (*a*) que le peuple se retour-
na avec transport, éleva les yeux
avec une avidité curieuse sur le
Monarque ; il n'y avoit que les
Vieillards qui eussent eu l'honneur de le voir à son avéne-
ment à la Couronne : & comme tous les jeunes gens avoient
été privés de ce doux avantage,
il se fit une acclamation générale. La majesté du Roi votre
pere ô Princesse, déracina dans
un instant la rébellion, & gra-
va dans les cœurs les sentimens
de respect & d'amour.

L'Indiagar dont la prudence

(*b*) Comme il n'étoit permis à aucun
des Sujets de regarder en face leur Souverain, il laissoit tomber une boule d'airain lorsqu'il s'agissoit de donner quelques ordres, alors ceux qui étoient commis pour les exécuter prêtoient l'oreille,
& le communiquoient aux Officiers préposés.

III. Part.   H

eft extrême, ne voulant pas laiffer refroidir des mouvemens fi
favorables, crut devoir en profiter pour venir à fes fins ; il fit
le fignal, (*a*) à peine eut il paru, que les premiers de l'Etat
environnerent la Tocque Roïa-
le ; le filence fuccéda, la Grande Prêtreffe fe découvrit le chef
& fe profterna le nés (*b*) contre
terre.

Toutes ces chofes ainfi dif-
pofées, le Roi tourna le dos (*c*)
au Simulacre, & lui adreffant
la parole, s'expliqua en ces ter-

(*a*) La Coutume dans ce Pays pour
demander filence, étoit de jetter fa Tocque au nés de ceux dont on vouloit être
écouté.

(*b*) La Grand'-Prêtreffe n'étoit obligée à cette marque refpectueufe que devant la Divinité, mais lorfque le Roi
préfidoit dans la grande Tribune, elle
étoit obligée à la même foumiffion.

(*c*) Le Roi paroiffoit devant le Simulacre avec les mêmes cérémonies que fes
Sujets obfervoient devant lui.

mes, après avoir laissé tomber la grande boule *Tak-lak-lak* (*a*).

(*a*) Boule d'airain sur laquelle étoit gravé le Privilege qui étoit accordé au peuple par le Roi de respirer & de le regarder en face, prérogatives précieuses dont ils ne jouissoient qu'une fois à chaque Regne, à moins, comme on l'a dit, que des raisons importantes n'y fissent monter le Souverain ; ce droit leur étoit si cher, & ils l'envioient avec tant d'ardeur, que lorsque l'année commençoit ils se saluoient de ces mots, *Dieu nous conserve le Roi, & le fasse monter à la grande Tribune.* Les avantages qu'il en revenoit au peuple étoit l'amnistie générale de tous crimes tant spirituels que civils, l'élargissement des prisonniers, l'acquit des dettes de quelque nature qu'elles fussent ; le droit de répudier sa femme ; celui de contrevenir à la regle ordinaire de l'aisnesse en faveur de celui des enfans qui plaisoit le plus ; la permission aux femmes de choisir dans la famille de son mari un survivant à sa couche ; mais le plus beau de leur privilege étoit celui qui accordoit aux Vieillards à l'age de cent ans de mourir dans les petits Temples, au lieu que dans le Sanctuaire de Fulghane il n'y avoit que le Roi, la Grande Prêtresse, ou les Etats Généraux, qui

H ij

O *Fulghane*, *c'eft à toi que je parle*.

Tu vois devant ta face un Roi dont l'autorité eft émanée de ton décret immuable, & qui felon les regles de ta juftice divine, ne peut lui être ôtée fans l'avoir mérité : c'eft à toi que j'en appelle, ô Divinité, révérée de tout tems de mes peuples, & c'eft pour être jugé felon la dignité qui me convient, que je me fuis transporté à l'éminente place où je fuis.

Je parois auffi devant toi en efclave foûmis, & comme tel mes yeux fe ferment & refpectent tes rayons lumineux ; permets, ô Souverain, que je me juftifie, abfous ou tonne, mais parle par ta bouche.

Après avoir prononcé ces paroles d'un ton ferme mais refpectueux, le Roi fe tût, & fem-

puffent honorer un fujet de cette faveur ; elle étoit un attribut de la Royauté.

bla se recueillir en lui-même, ensuite il se couvrit de la grande Tocque, (*a*) & parla ainsi à la Grand'-Prêtresse.

O Magna Fakhaldak, leve la tête, respire & prête attentivement l'oreille à mes paroles. Qui es-tu ? Grand'-Prêtresse de la Divinité que nous révérons, Fulghane t'a-t-il placée dans l'éminente place que tu occupes, pour l'accroissement ou la destruction de ce Royaume ? Tu souffles la rébellion, tu révoltes mes peuples contre moi, tu m'accuses d'enfreindre les Loix, les Oracles parlent & tonnent par ta bouche, ils me jugent, ils m'accablent par les

(*a*) Bonnet fait en pain de sucre, d'une soye de fil d'araignée couleur d'aurore, dont la hauteur étoit de dix pieds, au sommet de laquelle étoit une figure du soleil tournant sur un pivot. Cette Tocque ne couronnoit le chef du Souverain, que dans l'occasion importante de son élévation à la grande Tribune.

endroits les plus touchans ; suis-je
coupable , & tes droits sont-ils fon-
dés ? Qui de Fulghane ou de toi doit
me condamner ? A la face de la Di-
vinité , en présence de ce peuple as-
semblé nous devons réciproquement
nous accuser l'un & l'autre : Prê-
tresse de Fulghane , c'est à toi de le
faire parler , moi Souverain des
Amphicléocles après le ciel, je sçai
où trouver mon Juge & mon Chef :
malheur alors à l'orgueil & à l'in-
solence , malheur alors à la rebel-
lion & au coupable.

A peine le Roi eut-il prononcé ces mots , qu'un cri affreux & général retentit jusques
dans les voûtes sacrées ; les Prêtresses effrayées se mirent à heurter , & secondant sans doute la
foible voix de celle qui étoit à
leur tête, s'écrierent qu'on man-
quoit de respect au Simulacre,
& que ses foudres puniroient

bientôt cet attentat. Le peuple troublé de cette menace s'émut, la rébellion sembloit vouloir reprendre son empire dangereux; mais le Roi du haut de son thrône arrêta la révolte en secouant trois fois la tête & en prononçant le terrible Fazak-malodzi (a).

La force de ce cri sacré fit succéder à l'instant le silence; L'*Indiagar* apostropha une seconde fois la Grand'-Prêtresse :

(a) Ce mot signifioit tête de Roi, lorsqu'il étoit prononcé par le Souverain, & qu'en conséquence il n'étoit pas obéi, il n'y avoit aucune grace à espérer pour les coupables, la mort s'ensuivoit, & ils étoient rayés du Registre de l'immortalité.

Ces Peuples conservoient un grand Livre sur lequel chaque particulier étoit inscrit; le Roi en étoit le dépositaire, & la superstition leur faisoit croire que le Prince avoit reçu en naissant le droit de les anéantir en rayant leur nom du catalogue.

O *Magna Fakhaldak*, lui dit-il, puifque *Fulghane* fe tait, le facré Livre d'airain va parler, & décidera qui de toi ou de moi enfreint les Loix refpectables qui y font renfermées.

Après ces paroles le Roi me jetta une boule (a) fur laquelle je trouvai l'ordre de faire ouvrir l'étui (b) facré ; à peine me fus-je approché de ce dépôt vénérable, que le peuple étonné (c) tourna le dos, ferma les yeux, & fe remit dans l'attitude de

(a) Avant que le Roi fe mît fur le thrône, il fe muniffoit des ordres qu'il avoit à donner écrits fur des boules de cuivre qui étoient confervées dans les Archives & enregiftrés tous les cent ans pour fervir de regle au Succeffeur

(b) Lieu dans lequel étoit renfermé le grand Livre d'airain.

(c) Lorfqu'on ouvroit le Livre des Loix, le privilege des yeux ceffoit, & le peuple étoit obligé de lui tourner le dos comme au Simulacre.

foumiffion

foumiffion qui lui convenoit ;
les quatre *Foukhouourkou* (a) ou-
vrirent chacun de leur côté les
faces de l'étui, & avant que de
le baiffer me ceignirent le ban-
deau, (b) j'entonnai alors le
Cantique *Tulkoé* (c) & après
que les Grand'-Prêtreffes l'eurent achevé, le *Kriskrougandil* (d)
tira fes *Loushaikis* (e) & lut à

(a) Premiers de l'Etat & prépofés pour
la garde du Livre des loix ; ils ne pouvoient afpirer à cet honneur, qu'ils ne
prouvaffent quatre de leurs ancêtres qui
euffent été du grand Confeil des Sept.

(b) Il n'y avoit que les *Foukhouourkou*,
le Roi & la Grand'-Prêtreffe qui puffent
voir le grand Livre d'airain, & tout autre qui fe trouvoit à fon ouverture étoit
obligé de fe couvrir les yeux d'un ban-
deau.

(c Hymne qui ne fe chantoit que dans
les réjouiffances publiques, elle commençoit par ces mots : *Graces à toi, ô Fulgha-*
ne, &c.

(d) Le grand Lecteur, après le rang
de Grand'-Prêtreffe, c'étoit la premiere
perfonne du Royaume.

(e) Lunettes de criftal dont lesverres

III. Part.   I

haute voix, guidé par le ſtilet d'or, (*a*) la table des Loix fondamentales du Royaume apportées du ciel par le *Kirkir-kantal* (b).

Lorſque le Miniſtre Lecteur fut à l'article qui regardoit la Grand'-Prêtreſſe, le Roi frappa

étoient quarrés & creux, & dans leſquelles il y avoit une eau verdâtre qui groſſiſſoit les objets.

(*a*) Eguille dont la pointe guidoit les yeux ſur les caractéres.

(*b*) Spilghis ou premier Ange de lumiére : la tradition prétendoit que le Livre d'airain avoit été apporté du ciel par cette intelligence ſacrée, & que les Loix inſerées étoient écrites de ſa main. La vénération qu'on avoit pour ce Livre chez ces Peuples étoit ſi grande, que leurs plus grands ſermens ſe faiſoient en jurant ſur ſes couvertures ; s'il arrivoit que quelqu'un eût été convaincu de tranſgreſſer ce redoutable ſerment, il étoit livré aux Prêtreſſes, qui le faiſoient mourir à force de le chatouiller : c'étoit chez ces Peuples le plus grand des ſupplices & que l'humanité a retranché dans les ſuites.

des mains, (*a*) & me donna ordre qu'on cherchât le passage
qui la concernoit ; j'en avertis
le *Kriskrougandil*, qui après l'a-
voir trouvé, lut à haute voix cet
article conçu à peu près en ces
termes.

S'il arrivoit par la méchanceté
attachée à la nature humaine, que
notre MAGNA FAKHALDAK *se*
trouvât jamais d'un sentiment con-
traire à celui du Souverain de nos
peuples chéris, & qu'une discorde
essentielle s'en ensuivît, ou que des
raisons secretes de haine ou d'inté-
rêts particuliers missent le Royaume
en danger de sa perte, nous ordon-
nons qu'ils descendront l'un & l'au-
tre de leur thrône, & qu'après
nous avoir invoqué ils s'humilie-
ront devant notre divine Image

(*a*) Ce signal se faisoit pour le *Kar-*
veder, & lui apprenoit que le Roi vouloit lui parler.

& nos Loix sacrées, ensuite ils se relevront en même tems, appuyeront leurs fronts l'un de l'autre, & qu'après s'être éloignés de la distance d'un corps (a) ils se heurteront mutuellement leur chef; alors notre justice se manifestera, le coupable sera puni.

A la fin de la lecture de ce

(a) Tous les Sçavans n'ont jamais été d'accord au sujet de ce passage; il est expliqué différemment dans tous les Auteurs qui en font mention : les plus graves prétendent que la distance dont il est parié se mesuroit de la longueur des bras, les autres assurent que cette mesure étoit de six pieds hauteur ordinaire de la stature des Amphicléocles : comme cette matière est restée jusqu'aujourd'hui indécise, je n'ai garde de vouloir en décider.

Ce qu'on peut ajoûter pour expliquer cet article, c'est que la manière de combattre de ces peuples étoit de se choquer la tête les uns contre les autres, & de se la heurter jusqu'à ce que l'un des athletes fût vainqueur : *Scaliger* assure que cette manière de combattre n'avoit lieu qu'entre les Grands.

paſſage, le Miniſtre Lecteur
frappa des mains & m'avertit
qu'il y avoit un renvoi à la fin
de cet article ; j'en fis part au
Souverain, il ordonna qu'on le
cherchât, il fut lû, & il étoit
expliqué en ces termes.

*Afin que toute équité ſoit obſer-
vée dans ce redoutable décret, &
que le peuple ait à jamais lieu de
louer notre ſageſſe, nous ordonnons
que la Grand'-Prêtreſſe accuſe le
Roi en face en cas de contravention à nos Loix, lui reproche ſes
griefs ; nous lui accordons la prérogative de parler la premiére, à
moins que le Souverain ne ſoit
élevé dans notre grande Tribune,
alors c'eſt à lui que la parole eſt ac-
cordée.*

*Après l'accuſation, le coupable ſe
juſtifiera & prendra pour ſon juge
l'article de nos Loix qui fera mention du crime dont il s'agira ; s'il*

I iij

arrivoit que l'article ne fut pas en-
tendu, nous accordons au peuple af-
femblé de porter un jugement défi-
nitif, & voulons que le Confeil des
Sept l enrégiftre comme Loi émanée
de notre propre autorité.

Le *Kriskrougandil* s'étant ar-
rêté alors, baiffa la tête & ferma les yeux L'*Indiagar* profi-
tant du droit que les Loix lui
accordoient, accufa hautement
la Grand'-Prêtreffe de s'être fer-
vie de fon pouvoir fouverain
pour faire périr l'héritiére de la
Couronne, & d'avoir porté le
peuple à la rébellion ; il appuïa
par deffus tout fur le grave chef
d'avoir occafionné le manque
de refpect affreux fait au Sanctuaire de fon Palais, en voulant y entrer fans obferver la
Loi formelle qui le lui défend
fous peine de la vie, & qui eft
fi pofitivement recommandée,

que le *Karveder* lui-même ne peut s'en approcher qu'à reculons.

Le Roi ajoûta à ces terribles accuſations celle d'avoir induit le Conſeil des Sept à profaner ſon Palais, crime d'autant plus grave qu'elle n'ignoroit pas qu'elle étoit cauſe par cette infraction de l'anéantiſſement (*a*) d'un Conſeil ſi reſpectable, dont la perte ne pourroit peut-être de long-tems ſe réparer.

Le Roi termina ſon diſcours en conjurant hautement la Prêtreſſe par le talon ſacré (*b*) de

(*a*) Lorſqu'un des Miniſtres du Conſeil des Sept avoit mérité la mort, tout le Corps ſubiſſoit la même peine.

(*b*) Conjuration ſi forte, que les Amphicléocles étoient perſuadés que le moindre déguiſement à la vérité étoit puni d'un coup de tonnerre.

L'aveuglement de ces Peuples étoit ſi entier ſur ce chapitre, que toutes les morts ſecretes & ſubites étoient attribuées à ce préjugé.

Fulghane, de déclarer à la face
du ciel & de la terre, quelles
raisons secretes l'avoient indui-
te à ces crimes odieux.

La *Magna Fakhaldak* auroit bien
défirée avant que de répondre,
qu'il lui fût permis de récrimi-
ner, mais l'ordre émané de la
grande Tribune étoit sans ap-
pel, c'étoit se livrer à la fureur
du peuple que d'y manquer ;
elle fit un grand cri, (*a*) & s'expliqua en ces termes.

Que Fulghane soit à jamais béni,
que sa grande Prêtresse périsse puis-
que sa vertu est soupçonnée, & toi,
Monarque, que la Justice suprême
te rende selon tes œuvres.

O Chef des Amphicléocles, peu-
ple chéri de la Divinité que je sers,

_____

(*a*) La Grand'-Prêtresse lorsqu'elle
avoit à parler, précédoit son discours
d'un grand cri, afin que le peuple se re-
cueillît en lui-même, & redoublât d'attention & de respect.

respirez (a) & soyez atttentifs aux
motifs qui m'ont obligée à mêler
les intérêts spirituels avec le civil ;
que le grand Etre me foudroye si
la vérité fuit de ma bouche, ô Ful-
ghane, pourquoi m'abandonnez-
vous ?

La Grand'-Prêtresse en achevant ces mots descendit du thrône, se jetta aux pieds du Simulacre & les mouilla de ses larmes ; après y être restée quelques instans, elle arracha le ban-
deau (*b*) sacré qui lui ceignoit
la tête, ses cheveux blans impri-
moient la vénération & la pitié.
Il fut heureux que la Loi qui
défendoit au peuple de jetter
les yeux sur elle eût lieu, cet
aspect respectable étoit capable

(*a*) La Grand'-Prêtresse avoit comme
le Roi le droit de donner cette permission.
(*b*) Espéce de collier à quatre rangs
fait des dents de ceux ausquels on accordoit le droit de mourir dans le Temple.

de le toucher & de le porter
une seconde fois à la révolte,
qui eût été d'autant plus dangereuse, que la Religion en auroit été le principe. Le Roi lui-
même attendri de ce spectacle,
m'en parut si touché, (*a*) que
je le vis se couvrir la face &
détourner la tête; l'on n'est point
à l'abri des premiers préjugez.

La *Magna Fakhaldak* après avoir
essuyé ses pleurs, reprit la parole & s'exprima ainsi :

*Me voilà prête, ô Indiagar, à
répondre à tes accusations.*

*Pourquoi m'as-tu conjurée ? d'où
vient m'obliges-tu à déclarer à la
face de ton peuple des secrets qu'il
devoit ignorer, & qui devoient
être ensevelis dans un silence profond ? ne valloit-il pas bien mieux*

(*a*) Il n'y avoit que le seul *Karveder*
qui eût le privilége d'ouvrir les yeux dans
le Temple.

que la mort de ta fille les eût con-
fondus avec elle dans le tombeau !
Ah ! tu vas frémir ; la Princeſſe
livrée pour l'héritiere de cet Empire, n'eſt pas celle qui doit regner :
en faiſant cet aveu je me condam-
ne. Les Prêtreſſes commiſes à l'é-
ducation de l'Infante que les Loix
appelloient au thrône, en la faiſant
paſſer par les flammes pour la puri-
fier ſelon l'uſage, (a) l'ont malheu-
reuſement laiſſé échapper de leurs
mains ; leur empreſſement à la ſe-
courir a ſauvé ſes jours ; mais ô rigueur du ſort ! tous les remedes
n'ont pû empêcher que ſon viſage
n'ait été entiérement défiguré :
malheureuſes Prêtreſſes, la crainte
du châtiment vous a fait celer ce
malheur, vous m'avez ſuppoſé l'aî-

(a) Avant que de préſenter à *Fulghane*
le Prince ou la Princeſſe nouvellement né,
on faiſoit paſſer trois fois l'enfant par les
flammes d'une fournaiſe nommée la pu-
rification.

née (a) *au lieu de la cadette, &
comme telle, dans le tems marqué,
je l'ai remife à l'affemblée générale comme l'héritiere du thrône.*

*Voilà mon forfait, ô peuple, que
j'aurois toujours ignoré, fans l'in-
difcrétion & le mécontentement
d'une Prêtreffe, qui pour fe venger
d'un châtiment juftement ordonné,
apprit à la véritable héritiere & le
fecret de fa naiffance (b) & celui de*

(*a*) Il étoit défendu à la Grand'-Prê-
treffe comme au Roi, de voir les héritiers de la Couronne ; ils étoient élevés
dans un corps de logis féparé.

(*b*) Il étoit expreffément défendu felon la Loi, d'apprendre aux héritiers de
la Couronne de qui ils étoient nés, quoique l'Auteur des Faftes anciens prouve
par le paffage d'un Hiftorien des Amphicléocles, qu'une Reine de ce Royaume
jaloufe de faire obferver les Loix, prouva dans une affemblée générale des États,
que celle dont il étoit queftion, étoit depuis long-tems oubliée, & fe propofa
comme une preuve du reproche qu'elle
faifoit aux Prêtreffes de leur indifcré-
tion, déclarant qu'à l'âge de dix ans cel-

la supposition, en lui faisant valoir
sans doute les Loix du thrône où
elle étoit legitimement appellée, &
toutes les rigueurs du sort qui s'alloient déployer contr'elle par les suites attachées à cette fatale supposition ; cette Princesse étonnée de se
voir l'innocente victime d'une politique inconnue, ressentant avec
force tout ce qu'elle perdoit, abhor-
rant la contrainte éternelle dans
laquelle elle alloit vivre, & fré-
missant de la mort qui lui étoit destinée à la naissance du Prince ou

les qui avoient été commises à sa garde
l'avoient instruite du secret de sa naissance, lui avoient appris qu'elle avoit un
frere & une sœur enfermés comme elle
dans le Temple ; & elle ajouta qu'ayant
été instruite par le même canal de la Loi
cruelle qui les faisoit mourir à la naissance
d'un héritier de la Couronne, elle en
avoit eu une telle horreur, & avoit si
fort craint d'occasionner la perte de ce
frere & de cette sœur, qu'elle s'étoit ser-
vie de moyens surnaturels pour n'avoir
point d'enfans.

de la Princesse qui devroient le jour
à sa sœur ; transportée, dis-je, de
ces cruelles impressions, cette Princesse altiere s'est annoncée pour ce
qu'elle étoit dans ce Temple, a ré-
vélé ces cruels secrets, & trouvant
les esprits disposés & émus par ces
attentats formels, a machiné des
brigues si dangereuses, que dans la
crainte des suites fatales qu'elles
pourroient avoir, j'ai cru devoir
assembler le grand Conseil des Vierges (a) pour remédier à ces désor-
dres pressans ; les humeurs dont je
l'ai trouvée remplie, & le vent
que j'ai eu que la décision qui devoit s'ensuivre inclinoit à procla-
mer dans le Temple la Princesse op-
primée, & de l'annoncer comme

(a) Ce Conseil étoit composé de toutes les Prêtresses que les charges différentes séparoient les unes des autres ; celles
du Temple Kaiocles, quoiqu'inférieures à
celui de Fulgane y présidoient & avoient
le privilege chacune de deux voix.

telle au peuple, m'ayant donné une
juste horreur du malheur que la
double élection (a) de ces Princes-

(*a*) Ce trait d'histoire est l'un des plus
remarquables de celle des Amphicléocles.
Pour le bien entendre, il faut observer
qu'à chaque Prince ou Princesse qui
naissoient, on ne donnoit le nom de suc-
cesseur à la Couronne, que lorsque la
Reine ne faisoit plus d'enfans; & s'il arrivoit que le Roi mourût avant que le
nombre prescrit par les Loix fût rempli,
la veuve le lendemain des obséques étoit
conduite dans le Temple *Kaoicles* où elle
choisissoit un second mari parmi les *Kaïls*
conservés dans le Temple pour cet usage
jusqu'à sa mort.

Il est encore essentiel de remarquer que
le Conseil des Sept à la naissance du second & du troisiéme enfant de ces Rois,
imprimoit le sceau selon leur nombre,
c'est-à-dire, que le troisiéme, par exemple, étoit marqué à la tête de trois em-
preintes.

Scaliger dans le détail qu'il nous a fait
du renversement de l'Empire des Amphicléocles, a négligé ou ignoré ces points
importans; s'il en avoit été informé, il
n'auroit pas avancé dans le détail qu'il a
fait de la guerre civile entre les Princesses
Cleannés & *Nasilaé*, que cette premiere

ses occasionneroit, en ajoutant à cette crainte celle de scandaliser le Royaume en lui laissant entrevoir, que du sein de la paix s'étoient enfantées le trouble & la guerre : Frappée, dis-je, par tous ces justes égards, j'ai rompu le Conseil selon

malgré son droit incontestable prouvé par la marque du sceau mystérieux, fut obligée de ceder le thrône à la Princesse sa sœur, qui en étoit exclue selon la Loi.

Heinsius plus intelligent sur cette matiére a bien mieux éclairé ce passage, en rapportant que les armées étant prêtes à se battre, la Princesse *Nasilaé* peu sanguinaire, engagea le Roi Motacoa son époux de convoquer le Conseil des Sept, dont une partie étoit dans l'autre armée, & de vérifier en présence des Chefs des deux partis la tête de sa sœur avec la sienne, & d'en passer à la décision du Conseil des Sept réuni, expédient qui réussit comme on le verra dans la suite de cette importante histoire.

Je ne puis m'empêcher d'avouer en passant, que je dois au grave Auteur que je viens de citer, une partie des lumiéres dont je me suis servi pour éclairer les endroits difficiles à entendre des avantures de la Princesse des Amphicléocles,

mon

mon droit (a) *inconteſtable*, &
j'ai obligé les Prêtreſſes à me ſuivre
dans le Sanctuaire ; là j'ai eu re-
cours à la Divinité : mais en vain
je la preſſe, elle eſt ſourde à ma
voix ; trois fois je veux ouvrir la
bouche pour prononcer un oracle,
trois fois l'eſprit divin ſe retire &
me jette dans la langueur : Fulghane irrité s'eſt éloigné du Sanctuaire ; gémiſſante de ſes refus con-
ſtants, j'ordonne la ſainte Veille ;
(b) *un ſommeil profond ſe répand*

(*a*) L'autorité de la Grand'-Prêtreſſe
étoit d'une ſi grande étendue, qu'elle aſ-
ſembloit & révoquoit ce Conſeil ſelon
ſes déſirs ; elle avoit droit de vie & de
mort non ſeulement dans le Temple, mais
encore par tout le Royaume. Le Roi
avoit ſur elle la ſeule prérogative de faire grace, que ſes privileges ne lui accordoient pas, mais auſſi le Roi ne pouvoit
pas condamner un de ſes Sujets à la mort
ſans ſon attache, & la Grand'-Prêtreſſe
n'avoit beſoin que de celle du Conſeil des
Sept, qui ne lui étoit jamais refuſée.
(*b*) Madame Dacier nous explique

III. Part. K.

dans mes tristes organes : glacée par

cette cérémonie de cette manière.

Lorsque la Grand'-Prêtresse trouvoit convenable de convoquer la sainte Veille, chacune des Vierges s'y préparoit en se coupant les cheveux, & en faisant l'ablution générale dans un bassin préposé à cet effet, dans lequel elles se jettoient toutes à la fois ; au sortir du bain elles rentroient dans leurs cellules, où il leur étoit ordonné de boire une certaine mesure de vin, qui contenoit environ quatre pintes, les vieilles avoient la prérogative d'en boire six. Après cette sainte préparation elles se rendoient dans le Temple avec une mesure égale à celle qu'elles devoient avoir búe, laquelle étoit remplie d'une liqueur faite d'esprit de vin & de toutes les simples qui peuvent monter à la tête. Elles environnoient le Simulacre, chantoient une Hymne légere, & lorsqu'elle étoit finie, les Vierges dansoient en rond autour de l'Idole, & pour preuve de leur soumission & de leur respect, elles rendoient à ses pieds le superflu de la liqueur mystérieuse dont elles s'étoient enyvrées.

La même Sçavante remarque, que celle que l'yvresse avoit fait tomber la premiere étoit enregistrée pour être du nombre de celles qui aspiroient à la Grande Prêtrise ; c'étoit un droit incontestable

un songe mystérieux , une sueur froide passe à travers mes pores , & m'annonce la présence du Dieu que je sers : je le vois, il s'approche : en vain tu cherches à m'appaiser, me dit-il en courreux , l'on enfreint ici mes Loix , la discorde y règne , le crime est commis, tremble , ô Prêtresse , mon Temple est prêt de s'écrouler sur ta tête , les fondemens de ce Royaume vont tomber , tout périra. Mon effroi redouble à ces mots , il me semble que je me prosterne aux pieds de Fulghane , le génie protecteur (a) implore pour les Amphicléocles sa miséricorde. Va , continue le Dieu ,

pour y parvenir , lorsque dans les prétendantes il ne s'en trouvoit aucune qui fût honorée de cet avantage.

(*a*) La traduction disoit que le *Kirkirkantal* avoit été le premier Roi des Amphicléocles , & que c'étoit à lui qu'ils devoient la douceur de leur gouvernement. Voyez la note *a* de la page 98.

K ij

que le sang de la Princeffe Nafilaé (a) foit verfé fur mes Autels,
(b) il peut feul appaifer ma colere;
tranfportée de la grace que Fulghane daigne accorder, je me réveille
en furfaut, j'annonce aux Prêtreffes intimidées & le fonge & l'oracle : les portes du Temple s'ouvrent
par mes ordres, & l'arrêt de la Di-

(a) Aînée, felon la maniere de parler
de ces Peuples : elle étoit la cadete.

(b) Les facrifices de fang humain étoient
en ufage, felon la Religion des Amphicléocles, & les Peuples s'imaginoient
qu'ils étoient fi agréables à leurs Dieux,
que lorfqu'ils avoient des graces à leur
demander, ou qu'ils étoient affligés de
fléaux publics, ils immoloient fur fes Autels ceux qu'ils croyoient être les plus
agréables à l'Idole; fous ce prétexte le
Roi & la Grand'-Prêtreffe, quand ils
étoient unis, fe défaifoient des ennemis
dont le rang ou l'autorité leur étoient à
charge.

Cette fupeftition a duré jufqu'au regne de Otacoa, qui fe rendit fi puiffant,
qu'il abolit non feulement ces affreux ufages, mais encore toutes les Loix qui ré-
pugnoient au bon fens & à la raifon.

vinité se proclame (a) *à la face du*
Peuple assemblé.

(*a*) Le peuple n'avoit la prérogative
d'entrer dans le Temple, que lorsque le
Roi étoit dans la grande Tribune ; hors
cette cérémonie les portes lui en étoient
défendues, il se tenoit dans un grand par-
vis ventre à terre jusqu'à ce que les portes s'ouvrissent, alors il se levoit & tournoit le dos jusqu'à ce que les Crieurs du
Temple l'eussent averti de se retirer : ces
Crieurs étoient eunuques & préposés pour
la garde du Sanctuaire. Quand la Prêtresse avoir rendu un oracle, il étoit gravé
sur une boule d'airain qu'on jettoit en
l'air, & les plus adroits à la ramasser
étoient ceux qui jouissoient les premiers
du glorieux avantage de publier ce qu'elle contenoit ; il y avoit un honneur attaché au premier qui attrapoit la boule, qui
devoit être pourvû de la premiere charge publique qui venoit à vaquer ; mais par
une raison contraire, si un Sujet la laissoit tomber malheureusement par terre,
il étoit sur le champ puni de mort : ces
deux motifs occasionnoient une adresse
à la retenir, & il étoit tout commun qu'il
se passoit des années entieres sans que ce
malheur fût arrivé.

La boule n'étoit jettée que trois fois en
l'air, la quatriéme elle étoit renvoyée

Voilà mes crimes, ô Roi, voici les tiens. Tu transgresses a la fois & les Loix divines & les Loix humaines : tu entres dans le saint Temple sans être purifié, & comment, ô prophane ? transporté (a) par des hommes, qui malgré la pureté de leurs élections (b) sont ex-

dans le Temple, où on la déposoit dans un grand coffre qui servoit d'archives aux Fastes de Fulghane.

(*a*) La personne du Roi portoit avec elle un caractère si sacré, qu'il n'étoit permis qu'aux Prêtresses de la toucher, & tout ce qui servoit à son usage étoit ouvragé de la main de ces Vierges.

M. Ménage dans le Traité qu'il a fait des banquets des Anciens, observe que le Roi des Amphicléocles ne mangeoit jamais avec personne, & que les alimens dont il se servoit se préparoient dans le Temple.

(*b*) L'on faisoit dans la Ville capitale un dénombrement tous les ans des Sujets du Royaume ; le registre contenoit la date de leur naissance, leurs noms & leurs qualités ; dès qu'il se trouvoit un homme qui eut passé l'âge ordinaire, on transportoit son nom sur un registre par-

clus de nos myſteres ; tu les invite

ticulier , & dès qu'il y étoit inſcrit, ce
ſujet étoit entretenu aux dépens de
l'Etat.

Ces Vieillards habitoient tous dans un
Temple , formoient une eſpéce de Conſeil pour réſoudre tout ce qui avoit rapport à la tradition ; mais le vrai motif de
leur établiſſement étoit de ſervir , pour
ainſi dire , de pépiniere au grand Conſeil
des Sept.

Lorſqu'il mouroit un membre du Corps
reſpectable des Sept , l'on choiſiſſoit dans
celui de ces Vieillards tous ceux qui
avoient vû quatre générations ; on enfer-
moit les élus dans un appartement particulier environné de gardes pour éviter
& les artifices & les brigues dans l'élection propoſée. Avant que d'entrer dans
le lieu où ſe faiſoit l'élection , les aſpi-
rans étoient purifiés par le feu, après lequel on leur faiſoit avaller un breuvage
fait de remedes ſi violens , qu'ils faiſoient
ſortir du corps tous les alimens de la veille. Après une auſſi juſte précaution ils
étoient enfermés ; on les laiſſoit pendant
ſix jours & ſix nuits ſans aucune nourriture : le ſeptiéme avant le lever du ſoleil
tous les Miniſtres de l'Etat ſe rendoient
à l'appartement des élus, l'ouvroient
avec de grandes précautions & beaucoup
de cérémonies , & celui des Vieillards qui

sans la volonté suprême, tu t'exalte

avoit résisté à la famine, étoit celui qui remplissoit la place vacante.

S'il arrivoit que de cette épreuve plusieurs Vieillards fussent trouvés en vie, on les renfermoit une seconde fois jusqu'à ce qu'il n'y en eût qu'un seul qui les survécût.

Il ne faut pas omettre la manière dont les Ministres saluoient les Vieillards lorsqu'ils entroient le septiéme jour.

Le premier Ministre à la tête des autres passoit à la gauche de l'appartement, & chaque Vieillard qu'il trouvoit étendu, il le prenoit par la barbe, lui soulevoit la tête de terre, & lui disoit *Molbok*, c'est à dire, dormez-vous, ce mot étoit répété trois fois, après chacune desquelles on laissoit retomber la tête, & lorsqu'il étoit prouvé par cette épreuve que le Vieillard étoit mort, tous les Ministres s'écrioient *Molboken*, qui signifie, il dort ; cet examen étoit continué jusqu'à ce qu'on eût trouvé le Vieillard survivant, qui étoit obligé de se mettre au dernier rang des morts, après les avoir arrangés lui-même en rond & pour marque de son élection, on lui mettoit sur le corps un baudrier où étoient accrochées toutes les têtes de ceux qui avoient osé aspirer à cette éminente place, & on le conduisoit au Temple aux acclamations de tout le peu-

sans

fans miffion, fans ordre, contre les Loix ; tu te places fur la grande Tribune, & de ce lieu facré, tu m'accufes & tu ufurpes jufques dans le Sanctuaire un pouvoir émané feul du ciel & qui m'appartient : tu fauffes tes fermens & fais ouvrir fans confeil myftique le Livre faint. Voilà les forfaits contre la Divini-

ple, où la Grand'-Prêtreffe faifoit approuver fon choix par Fulghane, en lui coupant elle-même une oreille, qu'elle portoit pendue au col, tandis qu'on chantoit l'Hymne *Tulkoë.*

Après le Sacrifice on conduifoit le Vieillard élu au Palais du Roi, lequel étant averti paroiffoit fur un balcon & ratifioit l'élection en mouillant de fa falive le front du Vieillard, qui fe trouvoit par-là purifié des impuretés qui pouvoient lui être reftées.

Ce devoir rendu, la cavalcade commençoit du Palais ; le nouveau Confeiller montoit fur un char auquel etoient accrochés tous les cadavres de ceux dont il portoit les têtes, & qui fervoient de preuves de fon mérite ; ce char étoit tiré par le corps des Vieillards dont il étoit forti.

III. Part.   L

té. *Pour le Civil, tu enfreins la Loi, qui te défend d'avoir aucun commerce avec tes enfans, ô Roi prophane,* j'en atteste Fulghane *& la* Lea-Minska, *j'en atteste le* Karveder, *Ministre lâche & complaisant; n'as-tu pas vû ta propre fille, & ne sçavois-tu pas que pour ce crime affreux un peuple & sa postérité doivent être proscrits pour jamais.*

Les Prêtresses de Kaiocles, *suivant l'usage, sont-elles averties? n'est-il pas cependant de regle que le premier de tes ordres après que la* Princesse Cleanués *est sortie du Temple, est de les en faire avertir, afin de préparer les* Kaïls *à la sainte cérémonie;* (a) *suis-je mal inspirée,*

(*a*) Lorsque les Prêtresses de *Kaiocles* étoient averties, que la Princesse devoit se rendre dans leur Temple, elles assembloient tous les mâles qui devoient servir au concours de son hymen, & pour éprouver ceux qui étoient en âge de deve-

ô Roi, j'en atteste toi-même, en
assurant que tu veux abolir l'usage
de l'hymen sacré : ô Prince aveugle,
après t'être montré jusqu'ici digne
du thrône, après t'y être soutenu
tant par tes vertus, que par le droit
qui t'y a fait naître, pourquoi veux-
tu en descendre par l'impiété ? ô Roi
des Amphicléocles, rentre en toi-
même, & ne sors pas du Temple,

nir époux & qui pouvoient risquer l'examen, les conduisoient dans une longue
gallerie destinée aux épreuves ; là chacun
des mâles se saisissoit d'un arc, & rangés
tous sur la même ligne, ils le tendoient,
& au premier signal décochoient tous à
la fois une flêche sur laquelle leurs noms
étoient gravés ; pour but se présentoit un
grand tambour à double fonds, tendu
de manière que pour peu que la flêche y
atteignît, elle restoit dans le tambour.

Lorsqu'après le signal donné les prétendans avoient décoché leurs flêches, ils
étoient reconduits dans leur cellule, & le
tambour examiné, on enregistroit les
noms de ceux dont les flêches se trouvoient, & les Prêtresses alors leur appre-
noient à quel sort on les destinoit.

que tu n'aye satisfait à Fulghane,
sacrifie-lui une vaine tendresse,
fais paroître Nasilaé, qu'elle expie
sur les Autels les forfaits dont elle
est la cause ; que Cleannés la seule
héritiere passe du Temple au Palais,
que le second ordre des Prêtresses
soit averti, & que pour satisfaire
l'un & l'autre, le Simulacre irrité,
nous croisions nos pouces (a) &
qu'ils soient tranchés par le couteau
sacré, que le feu les dévore, (b)
& consume avec eux le crime &

(a) Maniére de faire amende honora-
ble chez les Amphicléocles ; bien loin
qu'elle fût susceptible de honte & d'af-
front, elle étoit glorieuse chez ces peuples, parce qu'ils prétendoient qu'une des
plus grandes actions de l'homme est celle
de convenir de ses torts, & de faire satis-
faction à ceux qu'on a offensé.

(b) Le feu chez les Amphicléocles pu-
rifioit de toutes taches, il étoit en si
grande vénération, qu'il servoit de sceau
pour tous les Actes publics ; la maniére
de timbrer le papier étoit de le brûler
par le coin.

la colere. O Fulghane, ô force de la vie, absous ou punis.

La véhémence & la fureur avec laquelle ces mots furent prononcés, firent retourner avec émotion le peuple, dans la confiance que le Dieu lui-même venoit de s'expliquer : l'aspect vénérable de la Prêtresse, que plusieurs entrevirent, fit succéder un murmure épouvantable ; le Roi qui connut que les derniers moyens devoient être employés dans une occasion si pressante, jetta sa couronne au milieu du peuple ; (a) cette

(a) C'étoit le dernier moyen pour faire rentrer le peuple dans le devoir lorsqu'il en étoit sorti, & la maniére d'abdiquer dans ce Royaume ; lorsque les Sujets enlevoient la couronne, c'étoit l'aveu tacite de la déposition, mais lorsqu'ils tournoient le dos à cette Tocque, cette attitude prouvoit que l'abdication ne leur étoit pas agréable, & alors le Souverain devoit reprendre sa couronne & continuer à regner.

action imprévue le fit rentrer dans le respect & produisit le silence. *O Magna Fekhaldak,* continua *l'Indiagar* d'un ton élevé & furieux, *à quoi servent tes détours, & comment pourras-tu éluder le châtiment que je te prépare? La tranquillité du Simulacre dans ce besoin pressant ne te condamne-t-elle pas? Fulghane agit quand tu est seule* (a) *il se tait quand tu as besoin de sa voix, mais c'est à lui-même à te juger sur l'abus que tu fais de son ministere; cependant prouvons cette supposition importante qui a fait naître les troubles présens. Passons sur le crime affreux de changer l'ordre de la succession*

(a) Le Roi, comme il a été dit, étoit d'une Religion différente de celle de ses Peuples, & cette apostrophe est une ironie, pour faire entendre à la Grand'-Prêtresse qu'il n'ignoroit pas les artifices dont elle usoit pour se faire valoir & le séduire aussi bien que ses Peuples.

d'un Etat : quelque grand que soit le mal qui a été fait, tâchons de le réparer ; est-il si difficile de remettre les choses dans l'ordre où elles doivent être ? Je consens à l'échange, il est équitable, mais je veux que le droit d'aînesse soit constaté, les Princesses mes filles me sont aussi cheres l'une que l'autre, & ce fondement posé je les dois traiter avec équité ; ô Magna Fakhaldak, que vas-tu me répondre ? Ne crains-tu pas que le masque ne tombe, la vérité va briller, le mystere est prêt d'être dévoilé, un seul ▮▮▮ va te confondre.

Apprens à ton tour, ô Prêtresse, un secret qui auroit dû pour jamais rester dans le silence, mais que tes brigues me forcent aujourd'hui de découvrir. A la naissance de nos enfans le Conseil des Sept jouit du privilege secret d'assister aux couches de la Reine, & d'un sceau

mystérieux enfermé sous ses clefs,
dans l'appartement nuptial, (a)
scelle le crâne du nouveau né; ce que
je t'apprens n'est pas de ces vérités
qu'on peut révoquer en doute : que
la Princesse dont tu nous as parlé
paroisse, & qu'elle reprenne la place qui lui est dûe ; si sa tète est mar-
quée du sceau mystérieux , le Conseil des Sept présent pourra le vérifier ; mais si l'imposture l'a suppo-
sée, si Cléannés sortie du Temple est
la véritable Cléannés , que le châtiment succéde. Qu'on aille chercher
la Prin___e que les flammes ont
mutilée par une négligence punissa-

(a) Salle où accouchoient les Reines
des Amphicléocles, gardée par deux Prêtresses qui se relevoient de jour en jour &
qui étoient Vierges du Temple de Kléo-
cles ; c'étoit encore un des usages que la
politique des Ministres de la Religion
avoit imaginée pour avoir des émis-
saires jusques dans le sein du Palais , afin
que rien ne s'y passât dont ils ne fussent
exactement informés.

ble,... qu'on obéïsse, continua le
Roi, s'appercevant que la Prétresse
s'opposoit à ses ordres. Si je com-
mets un crime en violant les Loix
du Sanctuaire (a) Kod-si-kad-
zaïd.

Que l'autorité souveraine a
de force sur les peuples, surtout
lorsqu'ils se rendent respectables
par leurs vertus! L'ordre de *l'Indiagar* ne souffrit aucune diffi-
culté, quelqu'éloigné (b) qu'il
fût des usages & des Loix; la
MagnaFakhaldak en fut si frappée,
que connoissant enfin que ses
artifices alloient être décou-
verts, & qu'on perceroit bientôt

(a) Que le châtiment retombe sur ma
tête, & que le ciel soit loué.
(b) Il n'étoit pas permis aux Rois des
Amphicléocles de donner aucun ordre
aux Prêtresses, & encore moins de les faire punir lorsqu'elles le méritoient; la justice se faisoit dans le Temple par l'ordre
de la Grand'-Prêtresse, dont le pouvoir
étoit entièrement despotique.

l'obfcurité de fes détours, elle
defcendit du thrône & fe mit en
devoir d'aller chercher elle-
même la Princeffe. Le Roi votre pere, continua le *Karveder*,
craignant que la Prêtreffe ne lui
échappât ou qu'elle ne profitât
de ce moment de relâche pour
fufciter de nouveaux troubles,
ordonna que le Sanctuaire fût
gardé à vûe & que perfonne
n'en fortît jufqu'à ce que tout
fût éclairci.

J'étois dans cet endroit de
l'admirable hiftoire de *Motacoe*,
l'attention que me prêtoit *Si-*
mouïs paroiffoit fi grande, qu'à
peine refpiroit-il pour n'en pas
perdre un trait ; quand de l'obfcurité profonde dans laquelle
nous étions plongés, nous paf-
sâmes fubitement à un jour bril-
lant, dont les rayons perçans
nous éclaira de l'éclat le plus

vif. Nous nous levâmes étonnés
& nous jettâmes les yeux fur les
objets qui nous environnoient ;
le compagnon de mes difgra-
ces fit un cri de joie en les re-
connoiſſant. *Wilconhis* foit loué ,
s'écria-t-il , en faifant un pas en
avant & en m'invitant de le fuivre ; ô Lamekis, quel fpectacle !
Ces enchantemens ceſſent enfin , nous voici dans un féjour
délicieux , quel plaifir ! On y
boit, on y mange , des tables
dreſſées & fervies avec profu-
fion , ces aimables convives qui
les environnent, tout invite à s'y
mettre ; n'eſt-il pas tems de fe
repofer de tant de traverfes &
de tant de fatigues ? Ne voyez-
vous pas , Lamekis, continua le
trop fenfible *Sinouïs* , que nous
fommes enfin parvenus à cette
félicité tant défirée ; fans doute,
ajouta-t-il, la gayeté y brille dans

tous les objets qui nous frappent, la beauté des femmes qui se diftingue dans ces feftins, la pluralité des tables qui font mifes dans ce fallon, toutes ces chofes prouvent affez le bonheur de ceux qui y font admis, & la grandeur du maître de ces lieux, ce ne peut être que le grand *Sealgalis* dont il nous a tant été parlé ; le Sylphe ne nous a pas trompé : allons, ô Lamekis, acheva le trop foible *Sinouïs*, fuivons des exemples fi flatteurs, ce feroit offenfer ce grand Roi, que de fouffrir de la faim dans un lieu, où tout femble inviter à la chere & au plaifir.

Après ces mots prononcés, le compagnon de mes voyages me quitta & s'avança vers une table où plufieurs perfonnes de fexes différens fe livroient avec complaifance aux charmes de

la volupté ; je voulus en vain
rappeller cet ami trop facile , il
avoit déja trouvé place , & une
jeune perfonne auffi belle que
Venus lui fervoit des mets délicieux , avoit des attentions
marquées pour lui , & fes yeux
pleins de feux & de douceurs
l'invitoit. moins à la chere qu'à
l'amour, je détournai les miens
de cet examen en faifant un
foupir, il étoit trop féduifant,
mon cœur émû fembloit voler
après les biens que ma raifon
fuyoit ; je promenai mes yeux
dans la grande falle dans laquelle fe jouoient tant de fce-
nes différentes, à peine en pou-
voient-ils mefurer la profon-
deur : la voute étoit d'une hauteur immenfe, elle repréfentoit
le ciel , & découvroit tous les
aftres qui brillent dans une nuit
bien azurée ; le jour s'y portoit

avec tant de mécanique, qu'il sembloit être produit par les Planetes figurées.

Je fus un assez long-tems à me plaire à l'examen de tant de beautez, & cherchois physique-ment en moi-meme le principe d'une clarté, qui quoique fein-te selon les apparences, suffisoit pour éclairer la grandeur de cette salle, lorsque mes yeux se porterent sur les lambris dont elle étoit ornée ; ma surprise de-vint moins grande en considé-rant qu'ils étoient d'un cristal fin & poli, taillé & relevé en facettes, lesquelles se réfléchis-fant les unes contre les autres, multiplioient le principe secret qui les avoit éclairés.

Après avoir parcouru du lieu où j'étois tous les objets diffé-rens qui le décoroient, je fus à la table où étoit Sinouïs, dans l'intention de l'éloigner d'un lieu si dangereux, & qui le devenoit d'autant plus, que les aiguillons de la faim commençoient à me tourmenter. A peine le souvenir des sages avis du Philosophe *Dehahal* pouvoit me contenir, & la défiance de moimême étoit telle, que je me tins à une distance éloignée pour tâcher de l'engager à me suivre; mais ô prodige! si ce foible ami m'entendit, il ne me reconnut pas; tout ce que je pus obtenir de lui furent des regards où le vin & l'amour avoient établi leur empire. Les convives qui l'environnoient me voyant éloigné, m'inviterent avec un geste séducteur à prendre place auprès d'eux; je crûs devoir fuir, quelque regret que j'en eusse : je gémissois d'être obligé d'abandonner un ami, mais je crus ne devoir pas me perdre avec lui ; le danger étoit évident, & ma faim extrême ; la vûe & l'odorat n'auroient pas tardé à tyrannifer ma raifon ; l'éloignement de tant d'objets flatteurs étoit le feul frein qui pouvoit être oppofé à mes défirs naiffans : je fuyois, dis-je, quand une voix douce & argentine, qui m'alla jufqu'au cœur, me dit, ô Lamekis, eft-ce ainfi que vous m'abandonnez ? à ces fons fi connus je me retourne, je vole vers celle qui les a proférés ; grand Dieu ! que vois-je, eft-ce un fantôme ou *Clémélis* elle-même ? je me jette entre fes bras, ô fortune cruelle ! l'illufion ceffe, cet aimable fantôme s'évanouit, je n'embraffe que du vent. Je refte immobile, des éclats de rire fuccédent, je me retourne une feconde fois vers

celle

celle que j'ai pris pour cet objet chéri de ma tendreſſe, je la vois, je la reconnois encore ; mais quelle eſt ma ſurpriſe ? un nuage leger diſparoît inſenſiblement, ces traits ſi chers à mon cœur s'effacent, d'autres plus matériels ſe ſubſtituent , j'attends en tremblant la fin d'un changement ſi extraordinaire, qui l'eût crû ? Au lieu de *Clémélis* je reconnois le Sylphe dont les avis m'ont prévenu ſur ce qui m'arrive dans cet inſtant ; ſon regard eſt ſévére, & cependant pitoyable ; je veux m'approcher de lui pour le prier de m'arracher d'un endroit ſi ſéduiſant, je lui tends les bras, je m'avance ; mais ſoins inutiles, le Sylphe n'eſt plus , il eſt diſparu.

Je reſſentis alors toute la rigueur du ſort qui me pourſuivoit, je fis un ferme propos alors

III. Part. M

de réfifter à toutes les attaques
qu'on pourroit me faire, & de
fortir abfolument d'un lieu fi
fatal ; mais la tendre amitié que
j'avois pour *Sinouïs* me fit réfoudre de tenter un nouvel ef-
fort pour l'arracher à la deftinée
qui le menaçoit ; je retourne à
la table où je l'avois laiffé, il n'y
eft plus, j'en foupire de douleur : ô malheureux ami, m'é-
criai-je, pourquoi vous êtes-
vous laiffé entraîner aux appas
féducteurs d'une volupté qui ne
s'eft apparue fans doute à vos
yeux fous le mafque du men-
fonge, que pour vous entraîner
avec elle dans l'horrible tombeau du vice.

Je me mis en marche pour
m'éloigner en faifant ces réflexions, & évitant de jetter les
yeux fur les tables devant lef-
quelles j'étois obligé de paffer ;

à chaque pas je trouvois de nouveaux sujets de séduction; tous
les sens étoient attaqués par
leurs ennemis les plus redoutables : d'un côté des voix flexi-
bles & enchanteresses me flat-
toient amoureusement les oreilles, d'un autre, une vapeur de
mets exquis chatouilloient mon
goût & travailloient mon appé-
tit; une troisiéme attaque plus
dangereuse, parce qu'elle étoit
plus sensible, me fit tressaillir ;
une main plus douce que le sa-
tin saisit une des miennes &
voulut me faire mettre à table :
un de mes regards échappé
dans cet instant me fit voir la
beauté la plus parfaite.. c'étoit
elle-même qui m'invitoit à satisfaire le dernier de mes sens;
le ciel me fit la grace de rési-
ster, je fermai les yeux, je re-
tins mon haleine, je bouchai

mes oreilles, & je me mis à fuir de toutes mes forces.

Je courus une demie heure sans m'arrêter, je chancelois & je bronchois à chaque pas; enfin une chute douloureuse arrêta ma course, j'en fus pendant quelques instans interdit, cependant n'entendant rien qui pût me faire croire que je fusse encore dans la salle, je me hazardai d'ouvrir les yeux; l'appartement dans lequel je me trouvai n'étoit éclairé que par le dôme, les lambris me parurent blancs & tous les meubles d'une grande simplicité; au fond de cette chambre je découvris une baluftrade qui me parut de marbre, & qui défendoit l'entrée d'un lieu où je vis une table à laquelle étoit placé un jeune homme vêtu de bleu; pour tous mets l'on y découvroit un pain & une caraffe à travers laquelle on voyoit une eau plus claire que le criftal; il me fembla reconnoître quelqu'un des-traits du jeune homme, fes yeux attachés fur un grand livre fe levoient de tems en tems pour me confiderer, quelquefois il portoit à fa bouche les alimens fimples qui étoient devant lui, mais il fembloit moins attaché à cette nourriture qu'à la fpirituelle qu'il dévoroit de fes regards.

Fin de la troifiéme Partie.

APPROBATION.

J'AY lû par ordre de Monseigneur le Garde des Sceaux, la treisiéme *Partie de Lamekis*, & j'ai cru qu'on pouvoit en permettre l'impreſſion. A Paris, le 25 Octobre 1736. MAUNOIR.

www.ingramcontent.com/pod-product-compliance
Lightning Source LLC
Chambersburg PA
CBHW051548280626
47162CB00021B/1626